Flitterwochen zu sechst

CHRIS KENISTON

Indie House Publishing

Indie House Publishing

KAPITEL 1

„**U**m Himmels willen, bitte lass das Kleid aus dem letzten Jahrhundert im Schrank!" Josephine Ummarino, die von ihren besten Freundinnen nur Jo genannt wurde, und von ihrer übergroßen italienischen Familie als Giuseppa, schüttelte den Kopf über ihre älteste Schwester. „Wer zieht denn so was zu ihrem ersten und einzigen Junggesellinnenabschied an?"

"Eine Frau, die sich wünscht, du würdest endlich damit aufhören, so zu tun, als würden wir uns auf ein Training für den Stripclub vorbereiten, und nicht auf den entspannten Mädelstrip, den wir geplant haben. Ich meine, warst du nicht diejenige, die Angie erzählt hat, wie sehr dir die Idee gefällt, eine ganz gewöhnliche Party daraus zu machen, und nicht einen Junggesellinnenabschied?" Mina, die zukünftige Braut, bedachte ihre jüngste Schwester mit einem durchdringenden Blick.

„Ja, schon, aber das ist etwas anderes." Jo zuckte mit den Schultern. Die gesamte Idee, dass ein paar enge Freundinnen und Familienmitglieder eine zehntägige Kreuzfahrt unternehmen würden, war schon an sich etwas *anderes*. Die meisten klassischen Junggesellinnenabschiede waren im besten Fall ein langes Wochenende, aber Mina wollte daraus eine besondere Zeit mit den Frauen machen, die ihr am nächsten standen, deshalb hatte sie sich für eine längere

Schiffreise entschieden.

Mina verdrehte kopfschüttelnd die Augen und stieß ein frustriertes Seufzen aus.

„Ich verstehe immer noch nicht, warum du die Party nicht in Onkel Vinnys Pizzeria organisieren konntest." Jos Mom rührte die Bratensoße um, die sie schon seit Stunden auf dem Herd ihrer Tochter köcheln ließ. „Dort gibt es im hinteren Teil einen wirklich netten Raum."

„Mom." Jo bemühte sich, nicht zu jammern, aber sie hatten ihrer Mom mehr als einmal erklärt, dass das dunkle Hinterzimmer der Pizzeria ihres Onkels nicht die richtige Location für einen Junggesellinnenabschied war und dass sie und Ginnie, die mittlere Schwester, etwas vollkommen anderes für Mina im Sinn hatten. „Du kannst Onkel Vinnys Restaurant nicht mit zehn Tagen auf dem azurblauen Meer der Karibik vergleichen."

„Ihr wollt Blau?" Ihre Mutter wedelte mit dem Löffel in ihre Richtung. „Onkel Vinny kann die Wände streichen." Antoinette Ummarino wandte sich wieder ihrer köchelnden Soße zu. „Blau ist eine hübsche Farbe."

Mina schüttelte den Kopf und signalisierte Jo, dass es an der Zeit war, das Thema zu wechseln.

Jo, die wusste, dass ihre Schwester recht hatte, beugte sich zu ihrer Mutter vor und gab ihr einen Kuss auf die Wange. „Wir können einen Polterabend bei Onkel Vinny veranstalten. Wie klingt das?"

Ihre Mutter zuckte mit den Schultern, aber Jo entging nicht, dass sie versuchte, ein Lächeln zu unterdrücken. „Ich gebe ihm Bescheid." Nun breitete sich doch ein Grinsen auf ihrem Gesicht aus. „Vielleicht können wir den Raum trotzdem blau streichen."

Jo und die anderen Schwestern lachten. „Blau ist eine hübsche Farbe."

„Was ist hiermit?" Ginnie hielt sich ein Blumenkleid an. „Zu bunt?"

„Nichts ist jemals zu bunt", murmelte ihre Mutter.

„Mir gefällt es." Mina nickte. „Bei deiner Figur wirst du darin allen den Kopf verdrehen."

„Wer weiß." Jo schenkte ihr ein breites Grinsen. „Vielleicht triffst du ja auch einen Mann."

„Das ist genau das, was ich gebrauchen kann – einen netten Typen, der irgendwo am anderen Ende des Landes wohnt. Nein, danke." Ginnie schüttelte den Kopf und legte das Kleid beiseite. „Vielleicht beschränke ich mich lieber auf Baumwoll-Shirts und Caprihosen."

„Angsthase", neckte Jo sie.

Ginnie grinste breit. „Das musst du gerade sagen."

„Lieber Himmel." Mina verdrehte die Augen. „Kannst du nicht einmal ernst bleiben?"

Ihre Schwester zuckte nur mit den Schultern. „Bin ich doch."

Die drei begannen zu kichern, so wie sie es schon seit ihrer Kindheit taten.

Jo konnte nicht glauben, dass Mina heiraten und aus dem Haus ausziehen würde, in dem sie die letzten paar Jahre zusammen gewohnt hatten. Viele Schwestern kamen nicht gut miteinander aus, aber sie konnte sich ihre Welt ohne Ginnie und Mina nicht vorstellen. In Wahrheit freute sie sich wahrscheinlich sogar mehr auf die Kreuzfahrt als ihre Schwester. Nicht dass sie mit ihrem Leben nicht glücklich war, aber manche Tage, an denen sie dauerhaft auf einen Computerbildschirm starrte und dann abends mit ihren Schwestern etwas im Fernsehen schaute, fühlten sich an, als würde sie nichts Neues mehr erleben. Jeder sollte hin und wieder ein kleines Abenteuer erleben, und sie war mehr als bereit für etwas Aufregendes. Das war die letzte Chance, noch einmal richtig Spaß mit ihren Schwestern zu haben. Das Leben zu genießen, zumindest für zehn Tage.

„Wo ist die Liebe meines Lebens?" Die Stimme von Minas zukünftigem Ehemann Kent, den sie auf der ersten und bisher einzigen Kreuzfahrt mit ihren Schwestern kennengelernt hatte, schallte durch das große Haus.

Jo liebte die Tatsache, dass ihre Schwester jedes Mal strahlte, wenn Kent in der Nähe oder die Rede von ihm war. Sie konnte nur hoffen, dass sie eines Tages auch einen besonderen Menschen kennenlernen würde, der das gleiche Hochgefühl in ihr auslöste – aber noch nicht jetzt. Sie hatte noch einige Dinge vor, ehe sie sich mit jemandem niederlassen wollte.

Nachdem er seiner Verlobten einen Kuss gegeben hatte, der heiß genug war, um die Temperatur im Zimmer um ein oder zwei Grad zu erhöhen, aber süß genug, um ihrer Mutter ein Lächeln aufs Gesicht zu zaubern, trat Kent zurück und nahm Minas Hand in seine. „Habt ihr alle gepackt?"

„Fast!" Ginnie griff nach dem bunten Kleid, an dem sie soeben noch gezweifelt hatte, um damit den Flur entlang- und die Treppe hinaufzugehen.

„Ich bin fertig." Jos Koffer war schon seit mehr als einer Woche gepackt, aber das wollte sie nicht zugeben.

„Ich auch. Obwohl …" Mina grinste Kent mit einem schelmischen Funkeln in den Augen an. „Ich könnte wahrscheinlich noch ein bisschen Platz freiräumen, wenn du als blinder Passagier mitkommen möchtest."

Er küsste ihre Schläfe und senkte die Stimme. „Du ahnst nicht, wie sehr ich mir das wünschen würde."

„Dann tu's doch."

Nach diesen paar Worten verschränkten sie ihre Blicke miteinander, und wieder stieg die Temperatur im Raum an.

Jo stieß ein leises Seufzen aus; sie hatte ihr Leben immer als erfüllt empfunden und genossen, aber auf einmal hatte sie den Eindruck, dass irgendetwas fehlte. Daran würde die Kreuzfahrt zwar nichts ändern, denn eine weitere katastrophale Doppelbuchung, wegen der zwei Fremde in derselben Kabine übernachten mussten, war vollkommen unwahrscheinlich. Was überaus schade war, denn in diesem Moment erschien ihr der Gedanke, mit einem gut aussehenden Single auf engstem Raum gefangen zu sein, gar nicht so schlecht.

Dylan Barnes hatte viele positive Dinge in seinem Leben. Eine Mutter, die ihn stets bedingungslos geliebt hatte, auch wenn sie während seiner Kindheit diktatorische Züge gehabt hatte, einen Vater, der all seine Arbeitsbemühungen unterstützte, egal ob sie vernünftig oder unbesonnen waren, eine Schwester, die ihm das Gefühl gab, er wäre schlauer als sie, auch wenn sie beide wussten, dass das nicht stimmte, und einen besten Freund, der eher wie ein Bruder war, da ihre Mütter Verbindungsschwestern gewesen waren und ihre Söhne mit nur drei Monaten Abstand zur Welt gebracht hatten. Die meiste Zeit ihres Lebens waren sie sogar direkte Nachbarn gewesen.

Doch ebendieser beste Freund stellte auch sein aktuelles Dilemma dar. Einen guten Freund im Show-Business zu haben, mochte für viele Menschen spannend klingen, selbst wenn er hinter den Kulissen und nicht vor der Kamera arbeitete. Carson Bennett war endlich zum Co-Produzenten einer Realityshow namens *Love in Deck* – Liebe an Deck – befördert worden.

Nun würde Carson auf der Reise, die sie schon vor

langer Zeit geplant hatten, auch arbeiten. Was bedeutete, dass Dylan die nächsten zehn Nächte in einem Hotel auf dem Wasser verbringen würde, wo die Show gedreht wurde. Eigentlich fand Dylan Dating-Shows dieser Art, in denen man die Liebe seines Lebens finden sollte, absurd, aber er wollte seinen Freund unterstützen. Er wünschte sich nur, er hätte es vom Fernsehsessel aus tun können. Und das wünschten sich auch Dylans Kolleginnen und Kollegen. Obwohl ihm noch mehrere Wochen Urlaub zur Verfügung standen, hätte der Zeitpunkt dieser zwei freien Wochen nicht schlechter sein können. Als sie ihre Reise geplant hatten, hatten sie noch nicht ahnen können, dass Carson seine eigene Show bekommen oder dass der größte Klient, um den sich die Familienkanzlei jemals bemüht hatte, einen neuen Rechtsbeistand suchen würde. In einer solchen Phase einen Anwalt weniger in der Kanzlei zu haben, war nicht gerade hilfreich. Besonders weil sein Vater und er in den wichtigsten Verhandlungen der Kanzleigeschichte steckten. Der Wert und der Ruf des Unternehmens könnten sich erheblich steigern.

Natürlich würde die Reise niemals stattfinden, wenn sein Nachname nicht Barnes gewesen wäre und seine Mutter sich nicht so sehr über den Erfolg des Sohnes ihrer besten Freundin gefreut hätte. Juniorpartner bei Barnes & Barnes zu sein, hatte Vor- und Nachteile. Der erste Anwalt der Familie war Jedediah Barnes gewesen. Als dessen Sohn in die Kanzlei eingestiegen war, war sie in Barnes & Barnes umbenannt worden. Seit mehr als hundert Jahren hatte es immer mindestens zwei Generationen von Barnes in der Kanzlei gegeben. Bis vor ein paar Jahren waren es drei gewesen. Er vermisste noch immer die stille Stärke seines Großvaters.

„Dir ist schon klar, dass die meisten erwachsenen

Männer alles dafür tun würden, sich auf eine Kreuzfahrt mit unzähligen Frauen im Bikini zu begeben und exklusiven Zugang zu den Dreharbeiten einer zukünftigen Erfolgsshow zu werden, oder?" Carson verdrehte die Augen. „Bei deiner Miene könnte man jedoch annehmen, ich würde dich zwingen, über die Planke zu laufen."

„Sorry. Langer Tag auf der Arbeit."

„Davon hast du in letzter Zeit eine Menge. Du solltest deinem Dad einfach erklären, dass du dir alle Mühe in der Kanzlei gegeben hast, dass es aber nun mal nicht dein Ding ist. Du musst das tun, was dich wirklich glücklich macht."

Carsons Worte ergaben durchaus Sinn. In den letzten paar Monaten hatte sich Dylan mehr als einmal gefragt, wie schlimm es schon sein konnte, den Schritt zu wagen und der Kanzlei den Rücken zuzukehren, um seine Leidenschaft für Holzarbeiten zum Beruf zu machen. Bis er das Schreiben mit der Mieterhöhung bekommen und all die anderen Rechnungen gesehen hatte, sich vorgestellt hatte, wie er seinem Vater das Herz brechen würde, und beschlossen hatte, seinen Traum um einen weiteren Tag aufzuschieben. Oder um ein ganzes Jahr.

„Du hättest dich eigentlich als Kandidat für die Show bewerben sollen. Mit dem Preisgeld von zweihundertfünfzigtausend Dollar hättest du dir das Möbel-Business aufbauen können, von dem du immer sprichst."

Kopfschüttelnd seufzte Dylan. „Erstens sind all diese verrückten Realityshows, na ja, verrückt. Zweitens war es keine Option für mich, mich als Kandidat zu bewerben, wenn du mir nicht die perfekte Partnerin herbeizaubern kannst." Er wusste ganz genau, dass dieses Argument bei Carson viel eher ziehen würde als die Behauptung, dass die gesamte Sendung albern war.

„Erstens", Carson wedelte mit der Hand in der Luft herum, „weiß niemand sicher, ob eine andere Person die perfekte Partnerin ist. Die Teilnehmer haben sich vorher noch nie getroffen. Sie kennen sich nur aus dem Internet. Die Show wird die wahre Liebe auf die Probe stellen. Und zweitens, was ist mit Colleen?"

„Was soll mit ihr sein?"

„Ihr zwei steht euch nahe. Ich bin mir sicher, sie hätte bei der Show mitgemacht."

„Wir sind Freunde, keine Seelenverwandten. Außerdem kennen wir uns schon im richtigen Leben. Also gäbe es keine Überraschungen."

Carson zuckte mit den Schultern. „Lass dich nicht von dem Wort Reality hinters Licht führen."

„Noch ein Grund mehr, stattdessen einen guten Film zu schauen."

Die Worte waren Dylan kaum über die Lippen gekommen, da klingelte das Handy seines Freundes; der Klingelton war die Melodie der alten Serie *Love Boat*. Dylan musste sich zusammenreißen, um nicht die Augen zu verdrehen oder, schlimmer noch, zu würgen. Carson runzelte die Stirn, grunzte, nickte ein- oder zweimal und seufzte schließlich. Was auch immer vor sich ging, dem gequälten Gesichtsausdruck seines besten Freundes nach zu urteilen, war es nichts Gutes.

Mit vor Sorge zusammengezogenen Brauen drehte sich Carson um, wobei er immer noch der Stimme am anderen Ende der Leitung zuhörte, und heftete seinen Blick auf Dylan. Carson starrte ihn an, und langsam zupfte ein träges Lächeln erst an einem Mundwinkel und dann am anderen. „Kein Problem. Ich hab eine Lösung." Ein paar weitere Grunzlaute und ein Nicken, dann beendete Carson den Anruf und schob das Handy wieder in seine Tasche.

„Probleme?"

„Kommt drauf an."

„Worauf?"

„Was macht Colleen in den nächsten zwei Wochen?" Carson erhob sich mit verschränkten Armen und grinste breit.

„Ich weiß nicht, aber irgendwas sagt mir, dass ich es auch nicht herausfinden will."

„Bei dieser ersten Staffel wird es drei Paare geben."

„Staffel? Es ist nur eine zehntägige Kreuzfahrt."

Carson zuckte mit den Schultern. „Wir haben fünfzehn Folgen geplant. Mit Filmmaterial von zehn Tagen sollte das kein Problem darstellen. Die Zuschauer werden aufgenommene – und natürlich zusammengeschnittene – Folgen sehen und abstimmen."

„Wie könnt ihr denn bekanntgeben, wer in Führung ist, wenn die Zuschauer noch nicht mal gewählt haben?" Kaum waren Dylan die Worte über die Lippen gekommen, da hielt er schon die Hand in die Höhe. „Vollkommen irrelevant. Vergiss, dass ich gefragt habe. Ich will es wirklich nicht wissen."

„Gut, denn aktuell ist nichts von alldem wichtig. Eins der Paare war in einen Autounfall verwickelt. Die Frau musste operiert werden. Als Nächstes steht für sie Reha an, also kann sie auf keinen Fall an der Show teilnehmen."

„Mir gefällt die Art, wie du mich ansiehst, ganz und gar nicht."

Zu Dylans Verdruss wurde Carsons Grinsen noch breiter. „Ruf Colleen an. Sag ihr, ihr unternehmt eine bezahlte Kreuzfahrt zusammen und bekommt die Chance, zweihundertfünfzigtausend Dollar zu gewinnen."

„Aber wir sind nicht verliebt." Soweit er verstanden hatte, ging es in der Show darum, dass die Paare nach zehn Tagen, in denen sie einander persönlich kennenlernten, Hals über Kopf ineinander verliebt waren, *und* die meisten Punkte bei den täglichen Challenges holten, um das große Geld zu gewinnen.

„Haarspalterei. Denk dran, lass dich nicht von dem Wort *Reality* hinters Licht führen."

„Ich werde nicht für deine Show Spielchen mit Colleen spielen. Habt ihr keine anderen Paare, die einspringen könnten?"

„Nein, wir haben keine Paare, die zwei Tage vor Showbeginn noch schnell einspringen könnten, es ist eine neue Sendung. Hör zu, für die erste Staffel einer neuen Show, bei der Antiquitäten geschätzt werden, musste die Crew Leute von der Straße holen. In gewisser Hinsicht tue ich das auch. Wenn du Colleen von vornherein sagst, worum es geht, spielst du keine Spielchen – dann spielst du nur die Spiele der Show und kannst eine Menge Geld gewinnen. Vielleicht solltest du sie einfach fragen?"

Das ließ ihn innehalten. Wenn sowohl er als auch Colleen wussten, dass es nur eine Show war – und es ausschließlich um das Geld ging –, wäre es vielleicht nicht allzu schlimm. Zumindest sollte er sie fragen. Schließlich würden ihm zweihundertfünfzigtausend Dollar die Möglichkeit geben, sein Hobby zu einem profitablen Beruf zu machen. „Ich ruf sie an, aber wenn sie Nein sagt, musst du dir für deine Show einen anderen Dummkopf suchen.

Es dauerte dreißig Sekunden, Colleen anzurufen, weitere fünfzehn Sekunden, ihr die Situation zu erläutern, und nur einen kurzen Moment, bis sie in ihrem Auto in sein Ohr schrie. „Ich werde nie wieder Lotto spielen müssen!"

Ein kurzer unlogischer Satz, und Dylan wusste, dass er Teilnehmer einer Fernsehshow werden würde. Lieber Himmel!

KAPITEL 2

Jo reckte ihre Nase in die Luft wie ein Bluthund, der Witterung aufnahm, um eine vermisste Person zu finden, und atmete tief durch, ehe sie lächelte. „Ich liebe den Geruch von Meer."

Ihre ältere Schwester Mina, die neben ihr stand, schüttelte den Kopf. „Das ist nicht der Ozean. Es ist ein Hafen in Florida, und er riecht eher nach Öltankern als nach Meer, aber gib mir fünf Stunden, dann bin ich ganz deiner Meinung. Ich liebe Kreuzfahrten wirklich."

„Ebenfalls", pflichtete Ginnie ihr bei und nickte.

„Da seid ihr ja." Angela, ihre Nachbarin, und die Person, die sie überhaupt erst davon überzeugt hatte, dass Kreuzfahrten Spaß machten, trat an ihre Seite. „Wenn ihr jemandem schreibt, dass ihr mit anderen Passagieren an Deck seid, müsst ihr euch schon etwas genauer ausdrücken. Ich bin über das ganze Deck gelaufen, bevor ich Ginnie entdeckt habe. Tolles Kleid übrigens."

„Danke." Ginnie grinste stolz und drehte sich im Kreis. „Ich hab mir schon Sorgen gemacht, dass es zu bunt ist, aber Bunt hat offenbar etwas für sich."

Mina zog ihr Handy hervor und tippte eine Nachricht ein.

„Sag mir nicht, du schreibst deinem Verlobten schon." Jo verdrehte die Augen. „Wir haben noch nicht mal den Hafen verlassen."

„Du Scherzkeks. Ich schreibe Teresa. Wollte ihr

nur Bescheid geben, dass wir an Deck neben dem Pool sind, also ziemlich genau in der Mitte."

„Ich kann nicht glauben, dass wir auf einem riesigen Metallkonstrukt stehen, das eigentlich gar nicht an der Wasseroberfläche treiben dürfte." Ginnie trat einen Schritt von der Reling zurück.

„Jetzt werd bloß nicht nervös. Das Schiff ist vollkommen sicher."

„Das haben sie damals auch über die Titanic gesagt." Ginnie schenkte ihr ein albernes Grinsen. „Ich weiß, dass wir Spaß haben werden, lass uns einfach nicht mehr von den Gefahren der Schifffahrt sprechen, bis wir in zehn Tagen wieder im Hafen anlegen."

„Hab's kapiert." Mina erwiderte ihr breites Grinsen. „Ich werde kein Wort über die Poseidon verlieren."

Kopfschüttelnd versetzte Ginnie ihrer Schwester einen leichten Schlag auf den Arm. „Ware nur ab, Henry Higgins."

„Hey Leute." Teresa, eine italienische Schönheit mit vielen Kurven, winkte ihnen zu, während sie sich einen Weg über das Deck bahnte. „Ist das nicht der Ort, an dem wir gut aussehende Männer kennenlernen sollten?"

„Das ist richtig." Angela nickte der Cousine ihrer Nachbarin zu. „Hier habt ihr euren Berichten zufolge auf der letzten Kreuzfahrt die Männer kennengelernt."

„Und zwar nicht irgendwelche Männer, sondern unter anderem auch Minas große Liebe", fügte Jo hinzu.

Ginnie, die praktisch veranlagte Schwester, verdrehte die Augen. „Als würde einem so was zweimal im Leben passieren."

„Oh, seht mal." Teresa zeigte hinter Mina. „Cocktails mit diesen hübschen kleinen Schirmchen."

Hinter den Frauen ging ein Kellner mit einem

Tablett voller orangefarbener Getränke mit Eiswürfeln und bunten kleinen Papierschirmchen an den Passagieren vorbei.

„Meint ihr, die sind kostenlos?", fragte Jo.

Teresa zuckte mit den Schultern. „Sieht ganz danach aus."

Der Kellner bewegte sich langsam in ihre Richtung und gab noch ein oder zwei Drinks an andere Passagiere ab, ehe er sie erreichte.

„Brauchen Sie unsere Kabinennummer?", fragte Ginnie.

„Nein, Ma'am. Das sind unsere kostenlosen Willkommensgetränke."

„Ist mir nur recht." Jo nahm sich ein Glas von dem Tablett, woraufhin es ihr die anderen gleichtaten.

Mit dem Telefon in einer und dem Drink in der anderen Hand starrte Mina auf ihr Display hinab, ehe sie wieder aufblickte und sich suchend und mit verengten Augen an Deck umschaute.

„Stimmt irgendwas nicht?", fragte Ginnie.

Mina schüttelte den Kopf. „Brenda hat mir gerade geschrieben, dass sie an Bord ist und uns nicht finden kann."

„Auf die nächste Kreuzfahrt bringe ich eins dieser Schilder mit, die Chauffeure an Flughäfen dabeihaben, damit wir einander alle schneller ausfindig machen können." Jos Bemerkung war nur zum Teil scherzhaft gemeint. Brenda war Minas beste Freundin aus dem College und würde bald ihre Brautjungfer werden. Nun erhellte sich Minas Display immer wieder, als sie ihr schrieb. Offenbar war die Mitte des Decks nicht einfach zu finden. Wenn schon kein Schild, wäre vielleicht ein riesiger bunter Hut hilfreich gewesen, den man aus einer Meile Entfernung sehen konnte.

Die fünf Frauen hoben ihre Gläser, um einander zuzuprosten, und in dem Moment kam Brenda an den

Passagieren vorbeigeeilt, die an der Reling lehnten und die Atmosphäre genossen.

„Das ist wirklich unglaublich cool." Brendas Blick wanderte von einem fruchtigen Cocktail zum nächsten. „Gibt's irgendwo noch welche davon?"

Mina hob eine Hand und winkte ein anderes Crew-Mitglied mit einem Tablett voller Drinks heran.

„Und, was steht heute auf dem Programm?" Brenda betrachtete die anderen Frauen über den Rand ihres Glases hinweg und trank einen Schluck.

„So wenig wie möglich." Ginnie grinste. „Wir essen um halb sieben zu Abend, und dann will ich das Schiff ein bisschen erkunden und einfach entspannen."

Das konnte Jo ihrer Schwester nicht verdenken. Die Arbeit raubte ihr manchmal den letzten Nerv. „Ich habe ein paar Schilder gesehen, die ankündigen, dass an Bord eine neue Fernsehshow gedreht wird."

„Wirklich?" Teresa wirbelte herum. „Und welche?"

„Ich weiß nicht, aber ich wette, es wird lustig."

Teresa richtete sich mit einem Mal kerzengerade auf, wobei sich ein wissendes Grinsen auf ihrem Gesicht breitmachte. „Heißer Typ auf neun Uhr."

Fünf Köpfe drehten sich in die entsprechende Richtung.

„Unauffällig üben wir wohl noch mal, oder?" Teresa schüttelte den Kopf.

„Auf diesem Schiff sind Tausende von Leuten." Jo zuckte mit den Schultern. „Nichts, das wir tun, könnte uns aus der Masse hervorstechen lassen." Doch sie musste ihrer Cousine recht geben – in der Nähe stand eine Gruppe Männer, und soweit sie es erkennen konnte, hätten alle auf das Cover einer Zeitschrift gepasst. Sie trank einen weiteren Schluck, und zum ersten Mal, seitdem die Reise geplant war, fragte sie sich, ob der Blitz doch zweimal einschlagen könnte.

Dylans frühere Mitbewohnerin vom College, die außerdem seine beste Freundin war, stand auf dem Parkplatz und betrachtete das riesige Kreuzfahrtschiff mit offenem Mund. „Oh, wow! Das ist ja so groß wie eine ganze Stadt."

„Ja, ist es." Dylan musste zugeben, dass das Schiff aus der Nähe viel gewaltiger aussah, als er erwartet hatte.

Colleen klatschte in die Hände und rieb sie sich enthusiastisch, ehe sie zu ihm herumwirbelte. „Das ist das Aufregendste, das ich getan habe, seit ich meinen einundzwanzigsten Geburtstag in Las Vegas gefeiert habe. Ich kann es kaum erwarten."

„Dann lass uns starten." Grinsend gab Dylan einem dem Gepäckträger am Dock Trinkgeld, betete, dass ihr Gepäck tatsächlich in ihrer Kabine ankommen würde, und hielt seiner Spielshowpartnerin den Arm hin, damit sie sich einhaken konnte.

Sie hatten sich kaum ihren Weg durch das Hafen-Terminal gebahnt, als sein Handy mehrmals unter eingehenden Nachrichten piepte. Alle waren von Carson.

„Stimmt irgendwas nicht?" Colleen schaute über seinen Arm hinweg auf das Telefon.

„Sieht aus, als würde die Show früher beginnen, als ich erwartet habe. Das Filmteam ist an Bord und wartet darauf, uns zu begleiten, wenn das Schiff ablegt."

Colleen schaute auf ihre Uhr. „Aber das ist doch erst in zwei Stunden."

Er hob eine Schulter und warf eine Hand in die Luft. „Ich gebe nur das wieder, was Carson mir geschrieben hat."

„Dann nehme ich an, die Show beginnt eher früher

als später." Colleen lehnte sich an seine Schulter, als der Schifffotograf oben an der Rolltreppe einen Schnappschuss von ihnen machte, und in dem Moment wurde Dylan klar, dass sie für die Show ein wenig schauspielern mussten – und für das Preisgeld.

Er ließ seinen Arm nach unten gleiten, nahm ihre Hand und hob sie, um ihr einen sanften Kuss auf den Handrücken zu geben. „Hier sind wir. *Liebes*." Er grinste sie an.

Colleen verdrehte die Augen, lachte leise und schüttelte kaum merklich den Kopf. „Wenn wir die Sache durchziehen wollen, solltest du dir besser einen anderen Kosenamen für mich einfallen lassen. Du klingst eher so, als würdest du deine unverheiratete alte Tante ansprechen."

„Nur zur Info, ich habe meine Tante noch nie *Liebes* genannt." Selbst wenn er nur eine Tante gehabt hätte.

Immer noch händchenhaltend checkten sie ein, durchquerten den letzten Teil des Terminals und gingen zur Gangway.

„Das ist so aufregend." Colleen drückte seine Hand, und er musste zugeben, dass er – selbst wenn er sich nicht über den Grund freute, aus dem er hier war – ein wenig auf die Möglichkeiten freute.

Wieder piepte sein Handy. Eine Nachricht von seiner Mom. *Ich wünschte, wir könnten bei euch sein und Carson bei seiner neuen Show unterstützen, aber du kennst ja deinen Vater mit seiner Arbeit. Ich wünsche euch viel Spaß. Hab dich lieb.*

Schnell tippte er eine Antwort. Er wusste, wie gern seine Mutter mitgekommen wäre, um Carson zu unterstützen, aber ohne seinen Dad hatte sie am Ende doch keine Lust gehabt. Es war ohnehin besser so. Er hatte noch keine Gelegenheit – und keinen Nerv – gehabt, ihr von den veränderten Plänen zu erzählen, durch die er nun selbst an der Show teilnehmen würde. Ganz zu schweigen davon, dass er nicht wusste, was sein Vater in Anbetracht der Klientenverhandlungen davon halten würde. Er bezweifelte jedoch, dass es dem Ruf der Kanzlei als grandiosem Rechtsbeistand nicht gerade guttun würde. Er hatte daher die Hoffnung, dass er alles vor seiner Familie verbergen könnte, bis der potenzielle neue Klient unterschrieben hatte. Hoffentlich würde es Carsons Mom gelingen, seine Mutter für eine Weile vom Fernsehen abzuhalten.

Obwohl er keine Ahnung hatte, wie sie das schaffen sollte. Wenn er erst einmal wieder zu Hause war und die Show beendet war, könnte er sich noch immer dem Donnerwetter stellen. Hoffentlich zweihundertfünfzigtausend Dollar reicher. Seinem Dad das Ganze zu verschweigen, sollte kein Problem darstellen. Dylan bezweifelte, dass sein Vater in der nächsten Zeit fernsehen würde. Für Robert Barnes war es eine regelrechte Obsession geworden, die Costa Brewery als Klienten zu gewinnen. Wenn er es schaffen würde, wäre das ein großer Erfolg für die Kanzlei, und sein Vater wollte es mehr, als er seit langer Zeit irgendetwas gewollt hatte. Somit unterstützte Dylans Mom den Sohn ihrer besten Freundin aus der Ferne, und Dylans Dad und Schwester waren damit beschäftigt, die größte Brauerei Amerikas mit Dinner, Wein und guten Argumenten für sich zu gewinnen.

Nachdem sie die Gangway hinter sich gelassen hatten, überquerten Dylan und Colleen das Promenadendeck auf der Suche nach den Glasaufzügen, um zum Pool zu gelangen, wo sich bereits viele Passagiere versammelt hatten. Als der Fahrstuhl sich in Bewegung setzte, verschwand das Grinsen auf Colleens Gesicht.

„Alles in Ordnung?" Er spürte, dass ihre Hand, die er immer noch in seiner hielt, feucht wurde.

Ohne ein Wort zu sagen, nickte sie, schluckte und

atmete tief durch, bevor sie ein langsames, aber festes Lächeln aufsetzte. „Ich glaube, der Glasaufzug löst ein wenig Schwindel in mir aus. Wenn wir an Deck sind, wird es mir besser gehen."

„Ja, Fahrstuhlfahren ist was für Hartgesottene."

Sie schloss die Augen und schluckte schwer. „Spar dir deine Witze."

„Sorry." Er bemühte sich, nicht zu lachen.

Als der Aufzug zum Stillstand kam und eine leichte Brise hereinwehte, traten sie beide auf das Deck hinaus. Er war dankbar, dass ein echtes Lächeln auf Colleens Gesicht trat. Es dauerte nicht lange, das Filmteam ausfindig zu machen. Zu seiner Überraschung schien es den Passagieren, obwohl die Crew wild umhereilte, nicht aufzufallen, dass sie Lichter und kleine Kameras aufstellten. Leute allen Alters bemühten sich entweder, einen freien Liegestuhl zu ergattern, oder genossen die Sonne, während sie an der Reling lehnten und aufs Meer hinausblickten.

Es war eine Ewigkeit her, dass Dylan einen richtigen Urlaub gemacht hatte, und mit jedem Moment, der verging, wuchs die Begeisterung in ihm darüber, dass er zehn Tage den vielen Anforderungen des Familienunternehmens entkommen konnte.

„Sieh mal." Colleen ließ seine Hand los und eilte zum Rand des Schiffes, um sich an die Reling zu lehnen. Dort zeigte sie auf eine Reihe riesiger Häuser auf der anderen Seite des Hafens. „Wäre es nicht toll, dort zu wohnen?"

„Die müssen schweineteuer sein."

„Spielverderber." Colleen hob den linken Arm und versetzte ihm einen Schlag gegen die Brust. Sie lehnte sich wieder vor und umklammerte die Reling ganz fest. Er hatte den Eindruck, dass sie leicht nach hinten wankte.

„Kellner!" Eine hübsche Blondine, die bei einer

Gruppe Frauen stand, hielt ein leeres Glas in die Höhe. „Noch eine Runde bitte.“

„Wie viele?“, fragte der Kellner, der ein leeres Tablett trug.

„Sechs“, rief die blonde Frau. „Nein, warten Sie.“ Sie drehte sich zu Colleen um. „Willst du auch einen Drink?“

Colleen zwang sich zu einem Lächeln und nickte kaum merklich.

„Also sieben bitte.“

„Danke.“ Colleens Lächeln schien schwächer und ihr Griff um die Reling fester zu werden, aber zwischen den vielen Leuten gelang es Dylan nicht, sich ihr zu nähern.

„Ich bin Jo. Die blonde Frau hielt Colleen ihre Hand hin.

„Schön, dich kennenzulernen.“ Colleen ließ von der Reling ab, wirbelte herum, nur um erst nach links und dann nach rechts zu schwanken. „Können wir dem Captain sagen, dass er mit diesem Schaukeln aufhören soll?“

Jo zog eine Augenbraue hoch. „Wir bewegen uns nicht. Noch nicht.“

„Oh nein.“ Colleen schwankte erneut, wobei sie diesmal die andere Frau anstieß.

Die packte Colleen an den Armen und schob sie sanft auf einen Stuhl in der Nähe. „Nichts für ungut, aber du siehst ein wenig grün im Gesicht aus. Bist du seekrank?“

„Ich weiß nicht. Ich war noch nie zuvor auf einem Schiff.“ Colleen hielt sich eine Hand vor den Mund und die andere auf den Bauch. „Aber ich fühle mich nicht gut.“

Endlich gelang es Dylan, sich einen Weg durch die sich bewegende Menge zu bahnen, sodass er zu der blonden Frau und Colleen eilen konnte. „Willst du in deine Kabine und dich hinlegen?"

Sie nickte erst, erkannte dann aber, dass es keine gute Idee war. „Ich bin mir nicht sicher, ob ich mich irgendwo hinbewegen will."

„Vielleicht brauchst du ein Ginger Ale?" Die freundliche Fremde schaute sich um, während die anderen Frauen aus ihrer Gruppe in ihr Gespräch vertieft waren und nicht mitzubekommen schienen, was neben ihnen vor sich ging. „Wo sind alle Kellner hin, wenn mein sie braucht?"

In dem Moment trat eine der Frauen hinter die Blondine. „Stimmt irgendwas nicht?"

„Ich glaube, sie ist seekrank."

Eine weitere Frau näherte sich. „Ich hab Tabletten in meiner Tasche im Zimmer, aber wenn wir abgelegt haben, öffnen auch die Geschäfte, wo es diese Armbänder zu kaufen gibt. Ich weiß nicht, ob sie auch Pflaster gegen Seekrankheit haben. Die gibt es vielleicht nur auf der Krankenstation."

Die blonde Frau drehte sich nun zu Dylan um und trat einen Schritt näher. Als sie zu ihm aufschaute, konnte er die Sorge in ihren Augen erkennen. Etwas, das er von einer vollkommen Fremden nicht erwartet hatte. „Ich glaube nicht, dass sie irgendwo hingehen sollte. Wenn du dich nach etwas Stärkerem für sie umsehen willst, bleiben wir hier und passen auf sie …"

„Da seid ihr ja." Ein Mann, den er nicht kannte, trat neben ihn. „Carson wartet schon auf euch zwei. Beeilt euch besser."

Die blonde Frau betrachtete den Fremden mit großen Augen, sagte aber nichts.

„Colleen fühlt sich nicht gut", erklärte Dylan.

Der andere Mann musterte Colleen von Kopf bis Fuß. „Auf mich wirkt sie gesund. Lasst uns gehen." Ohne ein weiteres Wort stellte er sich hinter ihn und schob ihn vorwärts. „Wir dürfen keine Zeit verschwenden, denn das Schiff könnte jeden Moment ablegen, und Carson will alle drei Paare filmen, wenn das Horn ertönt."

„Du verstehst wohl nicht." Dylan schüttelte den Kopf und blickte zu Colleen hinab, die mit geschlossenen Augen und bleichem Gesicht dasaß.

„Geh nur", presste seine beste Freundin hervor.

„Hört mal zu." Der Mann versetzte ihm einen weiteren sanften Stoß. „Entweder ihr bewegt euch jetzt, oder wir bekommen alle Schwierigkeiten."

„Schwierigkeiten?" Die blonde Frau schaute zu Dylan auf. „Wer bist du, und was hast du getan?"

KAPITEL 3

Visionen davon, in einem winzigen Inselstaat ausgesetzt und an den Höchstbietenden verkauft zu werden, traten vor Jos inneres Auge. Sie schaute sich über die Schultern zu ihren Verwandten um, die wie Glucken um Colleen herumstanden, ohne etwas von ihrem Dilemma zu bemerken. So ungünstig der Zeitpunkt auch war, das Erste, was Jo in den Sinn kam, war nicht, dass sie gerettet werden musste, sondern wie stolz ihre Mom auf ihre Töchter sein würde.

„Warte kurz." Die Vernunft meldete sich. Sie befand sich auf einem riesigen Schiff in amerikanischen Gewässern. Sie setzte beide Füße fest auf dem Boden auf und blieb stehen. „Was zur Hölle ist hier los?"

„Da bist du ja. Wir warten schon." Ein weiterer Mann kam auf sie zugeeilt und machte vor dem Mann Halt, der mit der grün angelaufenen Frau reiste. Der Neuankömmling bedachte ihn mit einem finsteren Blick und schaute dann Jo an. „Wer bist du?"

„Das frage ich mich auch." Sie verschränkte die Arme in einem Versuch, streng zu wirken.

„Du weißt nicht, wer du bist?" Die Augenbrauen des Mannes schossen in die Höhe.

„Natürlich. Ich will wissen, wer *du* bist."

„Carson Bennett. Produzent von *Love on Deck*."

Nun wurden Jos Augen so rund wie die einer

verängstigten Eule. „Die neue Fernsehshow?"

„Entschuldigung", meldete sich der Mann mit der kranken Freundin zu Wort und hob beide Hände. „Wir haben ein Problem."

Alle drei – der Neuankömmling, der Schubser und Jo – schauten ihn an.

„Colleen ist seekrank. Wir können beim Ablegen keine Szene filmen. Ihr müsst ohne uns klarkommen."

„Filmen?" Jo blinzelte. „Ihr dreht eine Show?"

Zwei Männer nickten, während der Zweite Jo anstarrte. „Willst du vielleicht Geld gewinnen?"

„Was?" Bis gerade war die Situation merkwürdig gewesen, doch nun wurde sie schlichtweg verrückt. Sie wollte zurückweichen. Bei der nächsten Gelegenheit würde sie zurück zu ihren Schwestern laufen. Vielleicht würde sie den Rest der Reise in ihrem Zimmer verbringen. Es war eine schöne Kabine – mit Fenster.

„Colleen ist mit Dylan hier, um die Chance zu bekommen, zweihundertfünfzigtausend Dollar zu gewinnen. Wenn du stattdessen einspringen kannst, könntet ihr drei euch den Preis vielleicht teilen. Aber jetzt muss ich filmen, und wenn wir nicht sofort loslegen, wird das Ganze nichts mehr."

Jo und der Mann namens Dylan erhoben Einwände und unterbrachen einander mit den Worten „Warte", „Aber", „Nein" und „Halt", während der erste Typ hinter sie trat und sanft zu schubsen begann.

Nach dem zweiten Mal setzte Jo sich instinktiv in Bewegung und schaute zu dem Mann an ihrer Seite hoch, der immer noch dem Fernsehtypen hinterherrief. „Hast du kapiert, was hier los ist?"

Er nickte. „Ich fürchte schon." Eine merkwürdige Erwiderung.

„Ist das alles echt?"

Er ging langsamer. „Die Show?"

„Ja, und das Geld."

Dylan stieß ein langes Seufzen aus und nickte. „Auch das, fürchte ich."

Als sie den verantwortlichen Mann eingeholt hatten, schob dieser Jos Hand in Dylans. „Seid nett zueinander, solange ihr gefilmt werdet. Das ist ein Befehl." Er kehrte ihnen den Rücken zu. „Okay, und Action."

Dieser Dylan war nicht nur genauso genervt wie sie, sondern ihr war soeben aufgefallen, dass er auch groß und ziemlich gut aussehend war.

Nun drehte er sich zu dem anderen Mann um. „Das ist lächer…"

„Moment", unterbrach sie ihn. „Muss ich mit dir schlafen oder so?"

Abrupt drehte er den Kopf in ihre Richtung und sah sie schockiert an. „Was?" Nein. Ich meine …" Er stieß ein Seufzen aus und hob seinen Blick zum Himmel. „Das geschieht mir recht", murmelte er. „Ausgerechnet …"

Mit einem Mal empfand sie nicht mehr so große Panik wie im ersten Moment. Genau genommen war sie mit einem Mal sogar so aufgeregt, dass ihr Rücken prickelte, als sie an Fernsehen, den gut aussehenden Typen und das viele Geld dachte. Was für ein Abenteuer. „Lass es uns tun!"

„Was?" Das einzelne schockierte Wort war nicht die begeisterte Erwiderung, die sie sich erhofft hatte, aber sie musste natürlich selbst zugeben, dass die Idee verrückt war.

„Lass uns das Geld gewinnen!"

Dylan musste einen dieser lächerlichen Träume haben, die ihn oft heimsuchten, wenn er zu spät am Abend noch fettiges Essen zu sich genommen hatte. Die Tatsache, dass er sich bereit erklärt hatte, mit Colleen, die für ihn nie mehr gewesen war als seine beste Freundin, bei einer Realityshow mitzumachen, war verrückt. An einer Datingshow mit einer vollkommen Fremden teilzunehmen, auch wenn sie recht hübsch war, konnte nur ein bizarrer Traum sein.

„Ihr zwei seid verliebt, wisst ihr noch?", rief Carson von der anderen Seite des schmalen Decks.

Soweit Dylan es beurteilen konnte, war ein anderes Paar, eine hübsche rothaarige Frau und ein großer dünner Typ mit Brille, wirklich verliebt. Das verklärte Grinsen auf ihren Gesichtern war irgendwie niedlich. Die Leute links von ihm wirkten genauso unbeholfen wie er sich fühlte. Offenbar war es nicht so einfach, eine Internetbeziehung ins wahre Leben zu übertragen – ob die Gefühle nun echt waren oder nicht.

Die blonde Frau neben ihm lächelte träge und schmiegte sich an ihn, wobei sie ihn anschaute. Während sie ihm mit einer Intensität in die Augen sah, die im Fernsehen sicherlich super rüberkommen würde, teilten sich ihre Lippen. „Wir sollten wohl damit beginnen, uns vorzustellen. Ich bin Jo."

„Dylan." Wie verrückt musste diese Frau sein, dass sie sich einverstanden erklärt hatte, für Colleen einzuspringen, und das alles nur wegen des Preisgeldes. „Du musst das nicht tun." Er war sich nicht einmal mehr sicher, ob er es tun musste.

„Ich habe in der Highschool zwei Hauptrollen in Musicals gespielt. Wenn du aufhörst, die Stirn zu runzeln und stattdessen lächelst, bekommen wir das hin."

Erst in diesem Moment wurde ihm bewusst, dass sich Falten auf seinen Zügen gebildet hatten. Er zwang sich dazu, seine Mundwinkel zu heben, und sprach durch zusammengebissene Zähne. „Besser so?"

Ein unerwartetes Lachen kam ihr über die Lippen, während sie den Kopf zurückwarf und sich die Hand aufs Herz legte. „Ich glaube, das übst du besser noch mal."

Er wusste nicht, ob sie wirklich belustigt war oder nur ihre Rolle spielte. Er wusste nur, dass diese Fremde die blauesten Augen hatte, die er jemals gesehen hatte, und wenn er sich nicht täuschte, war die sonnengeküsste blonde Haarfarbe echt.

„Fang mit deinen Händen an." Sie schaute ihn immer noch an.

„Mit meinen Händen?"

„Das sind die beiden Dinger, die am Ende deiner Arme an den Seiten runterbaumeln."

Das entlockte ihm schließlich doch ein Schmunzeln.

„Na, es klappt doch. Und jetzt leg sie auf meine Hüften."

„Auf deine Hüften?"

„Anatomie hat man dir auf der Highschool wohl nicht beigebracht, was? Das ist der Körperteil über meinen …"

„Ich weiß, wo die Hüften sind." Er fühlte sich wie ein pubertierender Junge auf seiner ersten Party, als er langsam eine Hand auf ihre Hüfte legte. Aus irgendeinem Grund fühlte es sich falsch an, einer Frau, die er erst seit einer halben Stunde kannte, beide Hände auf die Hüften zu legen.

„Das ist zumindest ein Anfang." Ihr Lächeln geriet nicht ins Wanken. Als das Schiffshorn über ihnen erklang, fuhr sie fort. „Dreh dich zur Reling und winke."

Erleichtert darüber, dass er nicht mehr im Mittelpunkt stand, wandte sich Dylan um, ließ den Arm an seine Seite fallen und winkte mit dem anderen.

„Menschen, die verliebt sind, berühren sich ständig." Bei diesen Worten hielt sie den Blick weiter nach vorn gerichtet.

Er wagte es, seinen eigenen Blick von dem sich entfernenden Hafen abzuwenden. „Berühren?"

Sie stieß die Luft aus, legte den Kopf schief und schaute zu ihm hoch. „Bekomme ich während der gesamten Kreuzfahrt nur Ein-Wort-Antworten oder besser gesagt Fragen?"

Da er sich nicht traute, mit einem einsilbigen Nein zu reagieren, schüttelte er den Kopf.

„Vielleicht wird es doch schwieriger, als ich geglaubt habe." Ohne ein weiteres Wort ließ sie die Hand, die ihn fast berührte, weiter in seine Richtung gleiten und verschränkte ihre Finger mit seinen.

Nach all der Verrücktheit der letzten paar Tagen war ihre Hand in seiner merkwürdigerweise das Einzige, was sich richtig anfühlte. Und wie verrückt war *das* bitte?

KAPITEL 4

„**U**nd damit haben wir alles im Kasten."

Sobald die Kamera ausgeschaltet war, trat Jo einen Schritt zurück und studierte den Mann, der vor ihr stand. „Also, nur um sicherzustellen, dass ich alles richtig verstanden habe. Du und deine Freundin wolltet an der Realityshow teilnehmen."

„Ja und nein."

Sie liebte klare Antworten. „Das darfst du mir gerne etwas genauer erklären."

„Ja, wir sollten an der Show teilnehmen. Nein, sie ist nicht meine Freundin."

Jo ließ die Worte sacken. „Ich kann dir nicht folgen."

Er blickte sich über die Schulter um und sah dann wieder sie an. „Lass uns Colleen und deine Freundinnen suchen …"

„Meine Schwestern. Nun, zwei von ihnen sind meine Schwestern."

„Na schön. Lass uns deine Schwestern finden, dann erkläre ich dir alles genauer."

Ehe sie etwas erwidern konnte, hatte er sich abgewandt und bahnte sich einen Weg durch die Menge wie ein New Yorker über das U-Bahn-Gleis.

„Wo warst du denn?" Mina hatte die Hände in die Hüften gestemmt und die Ellbogen gespreizt wie ein Huhn. „Die arme Colleen ist in ihrer Kabine und weigert sich, zum Arzt zu gehen."

„Wer?", fragte Jo zur gleichen Zeit, als Dylan murmelte: „Verdammt. Aber dann ging es ihr wenigstens so gut, dass sie aufs Zimmer gehen konnte?"

Mina hielt Dylan ihre Hand hin. „Ich bin Mina, Jos Schwester."

„Dylan Barnes. Freut mich, dich kennenzulernen. Was ist denn nun mit Colleen?"

„Meine Schwester Ginnie und meine Nachbarin Angela haben sie in ihr Zimmer gebracht." Sie zeigte mit dem Daumen über die Schulter. „Meine Cousine Teresa und meine Brautjungfer Brenda haben hier auf eure Rückkehr gewartet. Wo wart ihr?"

„Das ist eine lange Geschichte. Ich erkläre euch später alles." Und mit später meinte sie, wenn Dylan ihr endlich erläutert hatte, worauf sie sich eingelassen hatte.

„Ich muss nach ihr sehen." Dylan schaute über Minas Schulter zu den Fahrstühlen, ehe er sich wieder Jo zuwandte. „Aber wir müssen uns unterhalten."

„Das sehe ich genauso." Sie trat einen Schritt vor. „Ich komme mit dir."

Er brauchte einen Moment, um sich zu sammeln, ehe er knapp nickte.

„Wartet." Der Mann, der ihnen Befehle erteilt hatte und sich als Carter vorgestellt hatte, winkte ihnen zu.

Dylan schüttelte den Kopf. „Nicht jetzt. Colleen ist wirklich krank. Ich muss nach ihr sehen."

Vorhin hatte der Mann ernst und gestresst gewirkt, doch nun sah sie nur noch Sorge in seinen Augen. „Seekrank oder krank?"

„Ich weiß nicht." Dylan wich der Menge aus. „Aber ich muss jetzt gehen. Wenn du reden willst, musst du mitkommen."

Der Typ nickte und ging hinter ihr her, die Gruppe ihrer Schwester im Schlepptau.

Jo hatte sich den Beginn der Kreuzfahrt zwar anders vorgestellt, aber sie hatte auf ein Abenteuer gehofft, und bisher war es tatsächlich eins.

Als sie das Innere des Schiffes betreten hatten, sahen sie überall Menschen durch die Gänge eilen, und der Aufzug war voll. Niemand sagte ein Wort. Selbst auf dem Flur, der zu Colleens Zimmer führte, schwiegen alle aus der Gruppe. Dylan, der zuerst die Tür erreichte, klopfte an.

Eine der Frauen vom Deck öffnete die Tür. „Oh, hallo. Ich bin Ginnie."

„Danke, dass ihr Colleen geholfen habt."

Sie ist starrsinnig." Die Frau schüttelte den Kopf.

Im nächsten Moment wurde ihm bewusst, wo Colleen war. Würgelaute drangen aus dem Badezimmer.

„Angela ist mit ihr dort drin. Sie hat angefangen, sich zu übergeben, als das Schiff sich in Bewegung gesetzt hat. Ich würde vorschlagen, wir rufen den Arzt, auch wenn sie noch so sehr protestiert", meinte Ginnie.

Er brauchte ein paar Sekunden, bis er bemerkte, dass ihn alle in der Kabine nun anstarrten. Offenbar erwarteten sie von ihm, dass er die Entscheidung traf. Er atmete tief durch und nickte. „Lasst uns den Arzt rufen."

Als er am Telefon erklärt hatte, dass Colleen sich so heftig übergab, dass sie das Bad nicht verlassen konnte, geschweige denn die Kabine, erklärte sich die Person am anderen Ende der Leitung bereit, einen Arzt ins Zimmer zu schicken.

„Er sollte jeden Moment hier sein", informierte Dylan sein Publikum, während er auflegte.

„Also", Ginnie, die nun neben Jo auf dem schmalen Bett saß, schaute ihn an, „du und Colleen macht bei einer Fernsehsendung mit."

„Jetzt nicht mehr." Kopfschüttelnd deutete Carson auf Jo. „Jetzt macht sie mit."

Vier Köpfe drehte sich in Jos Richtung und starrten sie ungläubig an.

„Was?", kreischte Mina beinahe.

Jo nickte, und Dylan kam zu dem Schluss, dass sie ohnehin alle Bescheid wissen mussten, wenn sie schon die gleiche Kreuzfahrt unternahmen. Er wandte sich an Carson. „Vielleicht solltest du hier übernehmen."

Der Mann besaß tatsächlich die Frechheit, seine Schultern zu straffen, die Brust aufzublähen und die Frauen anzulächeln. „Ich bin der Produzent einer neuen Realityshow namens *Love on Deck*. Die Idee dahinter ist, das sich Paare, die sich im Internet ineinander verliebt haben, zum ersten Mal auf diesem Kreuzfahrtschiff kennenlernen. Sie bekommen jeden Tag Challenges, und wer am Ende immer noch zusammen ist, hat die Möglichkeit, das Preisgeld zu gewinnen."

Als er aufhörte zu reden, nickten so gut wie alle im Raum.

„Dann hast du Colleen also im Internet kennengelernt?" Mina schien die offizielle Sprecherin der Gruppe zu sein.

„Nein." Dylan schüttelte den Kopf. „Wir sind seit dem College befreundet. Rein platonisch."

Jo wirbelte herum und zeigte mit dem Finger auf Carson. „Aber er hat doch gesagt ..."

„Ja. Ein anderes Paar musste in letzter Sekunde zurücktreten. Dylan und Colleen sind eingesprungen und haben mich gerettet. Außerdem", er zuckte mit den Schultern, „sind sie schon seit einer Ewigkeit befreundet, vielleicht ..."

„Was?" Dylan drehte sich abrupt zu seinem Freund

um. „Bist du durchgedreht?" Er hob eine Hand. „Vergiss es, ich kenne die Antwort schon. Du *bist* durchgedreht."

Carson hielt beide Hände hoch, als wollte er sich ergeben. „Hey, war nur 'ne Idee."

Ein Klopfen an der Tür erklang, und Dylan erhob sich. „Wir beide unterhalten uns später."

Es dauerte ein paar Minuten, bis sie es geschafft hatten, Colleen aus dem Bad zu locken und auf das Bett zu verfrachten. Während der Arzt sie untersuchte, warteten alle anderen auf dem Flur. Niemand verlor ein Wort über die Show. Ohne dass es direkt ausgesprochen worden war, schienen sie verstanden zu haben, dass die aktuelle Situation nichts war, worüber sie vor anderen Passagieren sprechen sollten.

Nach ein paar Minuten, die sich jedoch anfühlten wie eine Ewigkeit, trat der Arzt aus der Kabine und schloss die Tür hinter sich. „Ich habe ihr etwas gegen die Übelkeit verabreicht. Hoffentlich wird sie sich in vierundzwanzig Stunden besser fühlen. Sollte das nicht der Fall sein, könnte es eine andere Ursache als das wankende Schiff geben."

Dylan nickte. „Danke. Können wir sonst noch irgendetwas tun?"

„Geben Sie ihr einfach Zeit, sich auszuruhen. Und sorgen Sie dafür, dass sie heute nichts anderes als Bananen, Cracker und ein wenig Brühe zu sich nimmt. Schlaf wird ihr guttun."

„Wie soll man denn schlafen, wenn man sich übergibt?", fragte Ginnie.

Das brachte den Arzt tatsächlich zum Lachen. „Ich habe ihr auch ein leichtes Schlafmittel verabreicht. Und Liegen hilft. Ständig versuchen, die Balance zu halten, macht die Seekrankheit nur noch schlimmer."

„Danke", wiederholte Dylan.

Alle standen still und sahen dem Mann hinterher,

während er den Flur entlangging und schließlich aus ihrem Sichtfeld verschwand.

„Okay." Carson drehte sich um und schaute Dylan an. „Ich schlage vor, ihr beide lernt euch ein bisschen besser kennen; heute Abend gibt es einen Champagner-Empfang – ohne Kameras –, und morgen beginnen wir."

Bevor Dylan etwas erwidern konnte, wandte sich Carson ab und entfernte sich.

„Dann ziehst du es also durch?" Mina schaute ihre Schwester an.

Jo zuckte mit den Schultern. „Man kann zweihundertfünfzugtausend Dollar gewinnen."

Ginnie riss die Augen auf und nickte. „Ich kenne meine Schwester so gut wie keine andere Person, und wenn man ihr die Aussicht gibt, ein Abenteuer zu erleben, ist sie dabei. Jepp. Sie zieht die Sache durch."

Wieder richteten sich alle Blicke auf ihn. Jetzt, wo Colleen krank war – und da sie es gewesen war, die sich Hoffnungen auf das Preisgeld hatte –, war er sich nicht mehr sicher, ob *er* die Sache durchziehen würde. Er war sich aber ebenso wenig sicher, welche Konsequenzen es für Carson haben würde, wenn er sich aus der Sache herausziehen würde. Verdammt, warum konnte das Leben nicht einfach sein?

KAPITEL 5

„Hast du den Verstand verloren?" Jos Schwestern, die ihr am Tisch gegenübersaßen, schauten sie verstört an. Während Jo blonde Haare und blaue Augen hatten, waren ihre Schwestern dunkelhaarig und braunäugig. Alle drei ähnelten sich in Gesichtszügen und Mimik, aber dass sie sich auf den ersten Blick unterschieden, verwirrte die Leute immer wieder. Mina und Ginnie kamen nach ihrem Vater, und Jo hatte das Aussehen ihrer Mom geerbt. Auf der anderen Seite hatten Mina und Ginnie das Temperament ihrer Mutter geerbt, was sich in diesem Moment zeigte.

„Ich glaube nicht." Zumindest noch nicht. Sie und Dylan würden sich nach dem Abendessen treffen. Anschließend hätte sie vielleicht eine bessere Antwort für ihre Schwestern, aber im Moment hatte sie einen überaus guten Eindruck von dem Mann. Außerdem hatte sie die Vermutung, dass er in Wahrheit keine Lust hatte, als Teilnehmer bei der Show mitzumachen, obwohl sie sich auch täuschen konnte.

„Du glaubst nicht?"

Zwei Leute gingen kichernd an ihnen vorbei.

„Könnt ihr das glauben? Wir werden live bei einer Sow dabei sein. Ist das nicht cool?"

Alle am Tisch sahen dem sich entfernenden Paar hinterher. „Was wird Mama dazu sagen?" Ginnie zupfte an der Ananasscheibe am Rand ihres Glases.

„Du liebe Zeit." Jo rutschte auf ihrem Stuhl herum. „Daran hatte ich nicht gedacht." Das stimmte. Es gab zwei Möglichkeiten. Entweder würde sich ihre Mutter wahnsinnig freuen, dass eine ihrer Töchter aktiv die große Liebe suchte – auch wenn sie schrecklich enttäuscht sein würde, wenn sie erfuhr, dass alles nur vorgetäuscht war. Oder sie fände es beschämend, dass sich ihre jüngste Tochter so weit herabließ und all die tollen italienischen Männer in ihrem Freundeskreis ignorierte. „Dennoch glaube ich, dass Mama mir alles verzeihen wird, wenn ich die zweihundertfünfzigtausend Dollar gewinne. Solange ich ihr davon erzähle, bevor die Show ausgestrahlt wird. Ich meine, es gibt Dinge, die man persönlich erklären muss."

„Ist die Show live?", fragte Angie.

Jo hatte keine Ahnung, aber sie verstand, worauf Angie hinauswollte. Je mehr sie über die mögliche Reaktion ihrer Mutter nachdachte, desto unsicherer war sich Jo darüber, was sie tun sollte. Wenn ihre Mutter die Show sehen würde, ohne darüber im Bilde zu sein, dass alles nur vorgetäuscht war, würde sie wahrscheinlich einen Herzinfarkt bekommen, weil ihre Tochter ihre Liebesbeziehung im Fernsehen zur Schau stellte, ihr jedoch nichts davon erzählt hatte. Doch einer Sache war sie sich sicher – ihrer Mutter am Telefon davon zu berichten, würde nicht gut ausgehen. „Ich werde mich erkundigen müssen. Falls ja, haben wir ein Problem."

„Wir?" Minas Brauen schossen in die Höhe. „Ich bin nicht diejenige, die live im Fernsehen zu sehen sein wird."

„Wir wissen doch noch gar nicht, ob es live ist."

„Hmm." Ginnie schnaufte. „Ich weiß nicht, ob das Geld es die Sache wert macht, vor Mama etwas zu verheimlichen."

Jo verdrehte die Augen. Der sechste, siebte und achte Sinn ihrer Mutter war Teil des aktuellen Dilemmas.

„Hey." Brenda schaute auf. „Wann willst du dich mit dem Typen treffen?"

Jo blickte auf ihre Uhr. „Oh, verflucht. In fünf Minuten." Sie erhob sich. „Ich muss los. Bis später!"

Das Gute an diesem Schiff war die Tatsache, dass selbst wenn es ein bisschen größer war als das vorherige, mit dem sie und ihre Schwestern eine Reise unternommen hatten, eine sehr ähnliche Aufteilung hatte. Die Pianobar zu finden, würde einfach sein, Dylan am ersten Abend unter den feiernden Gästen zu finden, allerdings weniger.

Jo stand am Rand des Saals und betrachtete die Tische und Stühle, um nach dem Mann Ausschau zu halten, der für die nächsten Tage und Nächte ihr Partner sein würde.

„Hallo." Die tiefe Stimme hinter ihr ließ ein Prickeln über ihren Rücken laufen und ihr Herz rasen. Ob er ihr Angst machte oder etwas noch viel Besorgniserregenderes in ihr weckte, wusste sie nicht.

Sie wirbelte herum, trat einen Schritt zurück und stieß gegen einen gepolsterten Stuhl. Als sie ins Stolpern geriet, packten sie zwei starke Hände an den Armen, um ihr Halt zu geben.

„Tut mir leid. Ich wollte dich nicht erschrecken."

Kopfschüttelnd sammelte sie sich, strich sich das Kleid an den Seiten glatt und lächelte. „Nein, nein. Der Stuhl hatte doch tatsächlich die Frechheit, mich von hinten anzuspringen."

Seine Mundwinkel hoben sich zu einem kurzen Lachen. „Sollen wir uns einen Tisch suchen?"

Jo schaute sich um. Die Bar war sehr voll. Sie hatte nicht auf den Programmplan geschaut und wusste daher nicht, warum so viele Leute hier waren. Da sie bisher keinen einzigen freien Tisch entdeckt hatte, drehte sie sich um und reckte den Hals, um die andere Seite der Lounge sehen zu können, als ein Crewmitglied die

Bühne betrat und den Beginn ein Spiel ankündigte, bei der Männer gegen Frauen antreten mussten. „Nun, das erklärt einiges."

„Tut es das?"

„Es ist ein Kampf der Geschlechter in Form eines Spiels und sehr beliebt."

„Ein Kampf?" Er schaute über ihre Schulter hinweg zur Bühne. „Klingt witzig. Oder zumindest soll es das wohl sein."

Sie standen schweigend da und beobachteten eine Gruppe von fünf Männern und fünf Frauen, die sich Ballons unter große T-Shirts schoben. Das Team mit den meisten Ballons würde die Punkte bekommen.

„Ich frage mich, ob es Challenges dieser Art sind, von denen Carson spricht."

Sie zuckte mit den Schultern, denn bisher wusste sie nicht viel über die Show. „Dort!" Sie zeigte mit dem Finger auf einen freien Tisch, wo ein Paar gerade seine Sachen zusammensuchte und ging.

Als sie Platz genommen hatten, bestellten sie Drinks und sahen bei der nächsten Aufgabe zu, bei der die Teams mit einem Ei hin- und herliefen, das sie weiterreichen mussten, um anschließend mit einem Ballon zwischen den Knien zu rennen und ihn unter ihrem Gewicht zum Platzen zu bringen.

„Ich hoffe nicht, dass es diese Art von Spielen ist, von der Carson gesprochen hat." Dylan schüttelte den Kopf.

Bisher hatten sie nicht viel miteinander geredet, aber sie wusste schon, dass sie sich zumindest in einer Sache einig waren. Eigentlich mochte sie Wettkämpfe, aber die meisten von diesen Spielen waren einfach nur albern.

Am Ende gewannen die Männer, woraufhin sich die Menge innerhalb von wenigen Minuten zerstreute und sich an einen anderen Ort zu einem anderen Event entfernte.

„Und jetzt", sie hob ihren fruchtigen Cocktail und schaute zu ihm auf, „verrate mir, worauf ich mich eingelassen habe."

Wenn er das nur gewusst hätte. „Ich frage mich, ob das überhaupt irgendjemandem bekannt ist. Ich bin schon mein ganzes Leben mit Carson befreundet, und er war überaus geheimniskrämerisch."

„Warte. Du und der Fernseh-Typ seid Freunde?"

Er nickte.

„Ich dachte, das wäre nicht erlaubt."

„Das hatte ich auch gehofft." Ihrem Blick nach zu urteilen, überraschte sie diese Aussage. „Ich habe mich irgendwie durch Carsons Verzweiflung und Colleens Begeisterung in die Sache hineinziehen lassen. Die Aussicht darauf, ein Haus zu kaufen oder eine Hypothek abzubezahlen, klingt für viele Menschen verlockend."

„Für mich auch."

„Du hast ein eigenes Haus? Das ist toll."

„Du nicht?"

„Ich habe es in Erwägung gezogen, aber ich will keine Wohnung in der Stadt, und von einem Vorort aus zu pendeln, raubt mir viel Zeit an ohnehin schon langen Arbeitstagen. Aber wie dem auch sei, ich hatte ebenso wie du ein paar Fragen: zum Beispiel, ob es erlaubt ist, als Freunde an der Show teilzunehmen. Und offenbar hat der Anwalt, der die Verträge aufgesetzt hat, entweder geschlafen oder auf der Arbeit getrunken. Es gab eine Reihe von Klauseln über Blutsverwandtschaft und verheiratete Paare, aber kein Wort über Freunde."

„Und hier bist du nun."

„Hier bin ich." Er nickte.

Jo starrte auf ihr Glas und wirbelte die pinke Flüssigkeit darin herum, ohne einen Schluck zu trinken. „Wie geht es Colleen?"

„Was auch immer der Arzt ihr verabreicht hat, scheint zu wirken. Sie war lange genug wach, um ein wenig zu trinken und Brühe zu essen, bevor sie wieder eingeschlafen ist."

„Weiß sie, was wir vorhaben?"

„Jepp." Er nickte. „Ich habe es ihr erzählt, während sie ihre fünf Löffel Suppe geschlürft hat. Sie hat mich angeschaut und mir mitgeteilt, dass sie momentan lieber über Bord geworfen werden würde, als an einer Show teilzunehmen."

Jo prustete vor Lachen. „Ich glaube, ich mag sie. Humor ist wichtig im Leben."

„Den hat sie gewiss."

„Dann tun wir's also?"

„Ich weiß nicht. Ich hab ihr gesagt, dass wir uns das Geld teilen, falls wir gewinnen, aber ..."

„Schon in Ordnung. Ich hätte diese Chance nicht bekommen, wenn sie ursprünglich nicht hätte teilnehmen sollen. Wir teilen durch drei."

„Falls wir gewinnen."

Ein verschlagenes Lächeln zupfte an ihrem Mundwinkel. „*Wenn* wir gewinnen."

„Du scheinst echt überzeugt zu sein."

Sie zuckte mit den Schultern. „Wie gesagt, ich bin eine ziemlich gute Schauspielerin. Und was die Challenges betrifft, vermute ich, dass sie nicht allzu schwer sein werden, wenn man bedenkt, dass wir nichts zum Thema Verletzungen unterschreiben und uns keinen psychologischen Tests unterziehen mussten."

„Ich weiß nicht, was schlimmer wäre: mit Taschen voller Steinen behangen durch einen Fluss mit Schlangen zu schwimmen oder ein Kuchen-Wettessen mit hinter dem Rücken zusammengebundenen Händen."

„Die Entscheidung ist einfach, falls es Buttercreme
ist."

Das brachte ihn zum Lachen. Vielleicht war sie
wirklich ein wenig durchgeknallt, aber zumindest war
sie witzig und, wie er vermutete, eine gute Spielkandi-
datin."

In der nächsten halben Stunde erzählten sie einander die wichtigsten Details über sich, von denen sie
vermuteten, dass man sie bei einem Kennenlernen im
Internet austauschen würde. Dazu zählte natürlich der
erste Schultag, an dem er der Lehrerin erzählt hatte,
dass er keine Lust auf Lernen hatte, und Jos Geschichte, wie sie ihrem Cousin Giovanni, besser bekannt als
Joe, die Fußnägel rosa lackiert hatte, während er
geschlafen hatte. Etwas, das er erst bemerkt hatte, als er
die Socken vor seinen Freunden auszog.

Die größte Überraschung war allerdings, dass sie
irgendwann feststellen mussten, dass aus der halben
Stunde mehr als zwei Stunden geworden waren. Wenn
sie Glück hatten, würde vielleicht auch die Show so
schnell vorübergehen.

Als er aufschaute, entdeckte er seinen Freund und
ein paar andere Mitglieder des Fernsehteams an einem
größeren Tisch. Als sie alle die Köpfe zusammensteck-
ten und auf einmal in lautes Gelächter ausbrachen, zog
sich sein Magen zusammen, denn er wusste mit einem
Mal, dass dies eine unerträglich lange Kreuzfahrt
werden würde.

KAPITEL 6

„**H**aben sie den Verstand verloren?", fragte Ginnie Jo und legte sich einen Arm über die Augen.

„Glaub mir", sie stolperte auf der Suche nach einer Sandale über die andere, „hätte ich gewusst, dass die Show um sieben Uhr morgens mit einem Frühstück beginnt, hätte ich mich niemals dazu bereit erklärt."

„Du kannst immer noch einen Rückzieher machen. Das würde jeder verstehen." Ihr Arm bedeckte immer noch ihre Augen.

Nicht jeder. Sie würde damit Colleen im Stich lassen und Carson – nicht dass sie sie gut gekannt hätte, aber sie wollte es dennoch vermeiden – und vielleicht sogar Dylan. Obwohl sie sie erst gerade getroffen hatte, wollte sie nicht aufgeben, ohne es überhaupt versucht zu haben. „Ich bin in einer Minute weg."

Ein Laut, der eine Mischung aus Schnauben und Ächzen war, erfüllte die kleine Kabine, als ihre Schwester sich umdrehte und sich die Bettdecke über den Kopf zog.

Ginnie murmelte etwas wie „Genieß das Frühstück" und „Fall nicht über Bord".

Jo schlüpfte in einen Schuh und hüpfte zur Tür hinaus, wobei sie versuchte, sich die andere Sandale anzuziehen und die Tür gleichzeitig hinter sich zu schließen. Sie hatte vorgehabt, früh das Zimmer zu verlassen, um das Schiff zu erkunden und vielleicht die anderen Teilnehmer kennenzulernen, bevor das offizielle Treffen stattfand, aber diese Idee war zum Fenster hinausgesegelt, als sie die Snooze-Taste ihres Weckers betätigt hatte. Nun hämmerte sie energisch auf den Aufzugknopf und eilte zu dem Konferenzraum, den das Fernsehteam für das Frühstück gemietet hatte.

„Guten Morgen." Das Paar, das an Deck ausgesehen hatte, als wären sie bereit, einander mit Blicken zu verschlingen, lächelte sie an. Zu Jos Verdruss sahen sie heute Morgen genauso angetan voneinander aus wie am Vortag. Sie war zerrissen zwischen dem Gedanken, wie süß sie waren und der Realität, dass sie ihre Konkurrenten waren.

Das andere Paar war noch nicht eingetroffen, aber Dylan stand steif neben dem Türrahmen des Raumes. „Guten Morgen." Er winkte den anderen zu.

Die Tische standen weit auseinander, was sie zu der Annahme verleitete, dass die Produzenten nicht wollten, dass sich die Paare zu nahekamen – zumindest noch nicht.

„Guten Morgen." Carson wandte sich von seinem Team ab, mit dem er in einer Ecke stand, und lächelte die beiden Paare an, ehe er in den vorderen Teil des Raumes trat. „Sobald Sandy und Jay … Ah, da sind sie ja. Nehmt Platz. Während das Frühstück serviert wird, werde ich erklären, was für heute geplant ist."

Das dritte Paar zeigte nicht einmal den Anflug eines Lächelns. Stumm gingen sie zu dem freien Tisch, wobei der Mann seine Partnerin mit einer Hand an ihrem unteren Rücken vorwärts schob. Sie sahen nicht besonders glücklich über ihre Situation aus. Das erinnerte Jo daran, wie einzelne Blicke und Körpersprache die Zuschauer und die Jury auf dem Schiff beeinflussen konnten. Falls es überhaupt eine Jury geben sollte.

„Sicherlich hattet ihr mittlerweile alle Zeit, euch

die Spielregeln durchzulesen, die euch zugeschickt wurden.“

Jos Blick huschte zu Dylan. Sie hatte nichts erhalten. Aber schließlich war sie auch in letzter Sekunde dazugestoßen. Doch Dylans verengten Augen nach zu urteilen, hatte auch er nichts gelesen.

„Ihr alle hab ein Callsheet erhalten. Nur zu diesen Zeitpunkten bekommt ihr ein Mikro und werdet gefilmt.“

Das erleichterte sie, nachdem sie bereits befürchtet hatte, sie würde rund um die Uhr auf Kamera sein und sich wegschleichen müssen, um Zeit mit ihren Schwestern und Freundinnen zu verbringen. Schließlich war ihre Schwester der Hauptgrund, warum sie sich auf diese Reise begeben hatte, und kein Geld der Welt würde sie dazu bewegen, Mina kurz vor dem wichtigsten Tag ihres Lebens zu enttäuschen.

„Euch wird zwar immer ein Kameramann mit diskretem Abstand folgen, aber das Mikro ist nur an, wenn es auf dem Plan steht. Ihr dürft damit rechnen, dass es ungefähr eine halbe Stunde dauert, um euch zu verkabeln, und dann eine halbe Stunde, um die Mikros zu entfernen, nachdem wir fertig sind. Die Kameraleute werden euch übrigens nicht den ganzen Tag filmen, aber wenn ich oder jemand anders vom Produktionsteam der Ansicht ist, dass etwas Wichtiges passiert, wird sofort gefilmt. Mit anderen Worten wird eure Kabine der einzige Ort sein, an dem ihr in den nächsten neun Tagen eure Privatsphäre habt.“ Carson lachte. „Und natürlich auf der Toilette.“

Ein paar Köpfe drehten sich in die Richtung ihrer besseren Hälfte, aber die meisten nickten nur. Möglicherweise war den meisten erst in diesem Moment klar geworden, worauf sie sich eingelassen hatten.

„Und jetzt“, Carson klatschte begeistert in die

Hände, „seht ihr auf den Tischen die erste Challenge der Show."

Obwohl sie zu zweit waren, lag nur ein Zettel auf dem Tisch. Sie lehnte sich zurück, damit der Kellner einen Teller mit Eiern, Bacon und Toast vor ihr abstellen konnte, und näherte sich dann Dylan, der bereits zu lesen begonnen hatte.

„Wir ihr wisst, gibt es bei den meisten Realityshows eine offizielle Jury, die die Challenges bewertet. Bei uns ist es ein bisschen anders. Die Passagiere auf dem Schiff werden die Jury bilden. Und zwar alle." Er wartete darauf, dass alle die neue Information verarbeiten konnten, ehe er fortfuhr. „Natürlich dürfen auch die Zuschauer zu Hause abstimmen, und es gibt ein oder zwei oder mehr", seine Augen funkelten, als wüsste er etwas, das sie nicht wussten, „Events, bei denen wir eine professionelle Jury brauchen."

Jo wollte ihre Hand heben und fragen, was er meinte. Wenn das bedeutete, dass sie sich auf Eis begeben oder Sushi zubereiten musste, steckte sie in Schwierigkeiten. Sollte es allerdings eine Pasta-Challenge geben, würde sie gewinnen.

„Die erste Challenge beginnt eine Stunde nach dem Frühstück. Das Thema ist euer neues Zuhause."

„Wir haben ein neues Zuhause?", flüsterte sie Dylan zu.

Er warf ihr einen schnellen Blick zu, wobei er seine Brauen hob und die Mundwinkel senkte, als wollte er ihr zu verstehen geben, dass er keine Ahnung hatte.

„Ihr werdet an unterschiedlichen Stationen in der Captain's Lounge arbeiten, die erst um siebzehn Uhr öffnet, sodass ihr fast den ganzen Tag Zeit habt, um eure Möbel zusammenzubauen."

Das klang einfach. Vielleicht.

„An jeder Station gibt es eine Kommode, einen

Sessel und eine Hollywoodschaukel."

Drei Teile. Sie hasste Gebrauchsanleitungen, denn sie verließ sich lieber auf ihren eigenen Verstand, aber dies war nicht der richtige Zeitpunkt, um sich querzustellen. Hoffentlich war Dylan besser darin, Bauanleitungen zu befolgen.

Carson trat einen Schritt nach vorn. „Ihr dürft nach oben gehen, wenn ihr wollt und euch die Kisten anschauen. Aber lest noch nicht die Anleitungen, ehe die Zeit offiziell läuft."

„Zeit?", murmelte eine der Teilnehmerinnen.

„Habe ich das noch nicht erwähnt?" Carson grinste. „Am Ende werden Punkte für das optisch gelungenste Projekt, die beste Zusammenarbeit und natürlich die schnellste Fertigstellung vergeben. Also genießt euer Frühstück, und wenn ihr fertig seid, beginnt der Spaß."

Carson nickte so entschlossen, als hätte er soeben einen königlichen Erlass vorgetragen, und begab sich wieder zu seinem Team an den großen Tisch.

Jo wandte sich Dylan zu und zwang sich zu einem Lächeln. „Bitte sag mir, dass du mit einem Schraubenzieher umgehen kannst."

Dylan hätte lieber aus willkürlichen Holzteilen ein Möbelstück hergestellt, als die zur Verfügung gestellten Teile zusammenzubauen, aber auch wenn er Anwalt war, kannte er den Unterschied zwischen einem Schlitz- und einem Kreuzschraubenzieher. „Ja, das kann ich."

„Ich mag es überhaupt nicht, Anleitungen zu lesen, aber ich glaube, wir bekommen es trotzdem hin. Hoffe ich zumindest." Er nickte zustimmend, und ihre Augen begannen zu leuchten. „Wir werden gewinnen, oder?"

Er zuckte nur gelassen mit den Schultern, aber konnte sich das Lächeln nicht verkneifen, das an seinen Mundwinkeln zupfte. „Wir müssen abwarten, aber ich bin optimistisch."

Sie schüttelte den Kopf und lachte leise. „Sicher, dass du Anwalt und kein Arzt bist?"

„Absolut." Bisher war der Morgen besser verlaufen, als er erwartet hatte. Bevor er zum Frühstück gegangen war, hatte er noch einmal nach Colleen gesehen. Die Verbindungstür offen zu lassen, hatte ihn besser schlafen lassen, denn so hatte er gewusst, dass er sie hören würde, wenn sie etwas brauchte. Mindestens einmal in der Nacht hatte er die Toilettenspülung gehört und war erleichtert gewesen, dass sie nicht mehr würgte oder vor Schwäche stolperte. Heute Morgen hatte sie ihm versichert, dass es ihr besser ginge. Dann hatte sie ihm viel Glück gewünscht, sich wieder umgedreht und geschnarcht, noch bevor er die Tür hinter sich zugezogen hatte.

Wenn man bedachte, dass die teilnehmenden Paare angeblich alle verliebt waren, war es im Raum, abgesehen von den Unterhaltungen des Teams, erstaunlich leise. Hin und wieder kratzte ein Messer oder eine Gabel über den Teller, aber es wurde kaum gesprochen. Selbst er und Jo aßen nur eilig ihr Frühstück und entschuldigten sich.

Während sie über das Deck statt durch einen Flur im Inneren des Schiffes gingen, verlangsamte sie plötzlich ihre Schritte. „Mir fällt gerade ein, dass wir vielleicht ein paar Dinge besprechen sollten." Sie betrachtete seine Hände und ergriff eine davon.

Die unerwartete Berührung ließ ihn beinahe zusammenzucken.

„Ist dir aufgefallen, dass eins der Paare einander ständig anschaut, als wollten sie übereinander herfallen, und das andere vollkommen verängstigt wirkt?"

Das hatte er tatsächlich bemerkt. „Man könnte fast meinen, sie bereuen es, sich auf die Show eingelassen zu haben."

„Genau. Was bedeutet, dass wir die ganze Zeit über so wirken sollten, als würden wir einander zumindest sehr mögen, wenn die anderen Passagiere unsere Jury bilden."

Da er mit einem Mal begriff, worauf sie hinauswollte, hob er ihre nun miteinander verschränkten Hände. „Kleine Dinge wie Händchenhalten."

Sie grinste ihn an. „Gebt dem Mann das Preisgeld."

Was er in Wahrheit brauchte, war eine Tasse mit stärkerem Kaffee. Vielleicht – auch wenn es erst neun Uhr morgens war – einen Irish Coffee. Oder zwei. Er hatte noch nie so tun müssen, als wäre er verliebt, und er wusste nicht, ob er seine Rolle gut spielte. Er senkte seinen Kopf zu ihrem Ohr. „Du hast recht. Uns hin und wieder an den Händen zu halten, ist eine gute Idee."

Ein Lächeln machte sich auf ihrem Gesicht breit, und wieder einmal bemerkte er das Funkeln in ihren Augen. „Wir bekommen das schon hin."

Sie legten das letzte Stück bis zur Lounge zurück, ohne einander loszulassen.

Als er die Stationen mit den Kisten sah, schaute er sich nach einem Aufteilungsplan um. „Meinst du, wir können uns aussuchen, wo wir arbeiten?"

Sie zuckte mit den Schultern. „Keine Ahnung."

Ein paar Momente später trat das Paar, das bereits wirkte wie Frischverheiratete, neben sie. Der Mann wandte sich Dylan zu und reichte ihm die Hand. „Ich bin Colin, und das ist Debbie."

Die Rothaarige drehte sich langsam um, eindeutig zögerlicher als ihr Partner. Wenn Colin hätte wetten müssen, hätte er getippt, dass der Mann der Extrovertierte von den beiden war. „Freut mich, euch kennenzulernen. Ich bin Dylan, und das ist Jo."

Nachdem sie ein wenig Small Talk gehalten hatten, traf das dritte Paar, Jay und Sandy, ein. Soweit er es beurteilen konnte, war keiner von beiden extrovertiert, und er bezweifelte, dass die beiden einander überhaupt mochten. Er fragte sich, ob sie genau wie er und Jo nur eingesprungen waren.

„Wie ich sehe, seid ihr alle hier." Carson trat hinter sie. „Es gibt keine festgelegten Plätze, ihr könnt euch also einen aussuchen."

Dylan schaute sich um. Die drei Stationen waren nebeneinander in einer Reihe angeordnet, sodass niemand einen Vorteil hatte. Er wandte sich an Jo. „Hast du eine Präferenz?"

Sie zuckte mit den Schultern. „Nicht wirklich. Lass uns den Platz links nehmen? Dann sehen uns mehr Leute. Vielleicht bekommen wir ein paar Fans."

Fans? Jo verstand offenbar besser, worum es bei Realityshows ging als er. Er schaute sich noch einmal um und stellte fest, dass sich Jay und Sandy nicht rührten, aber Colin und Debbie unterhielten sich angeregt darüber, ob die gewählte Station über ihren Sieg entscheiden konnte. Damit sie nicht die nächsten zehn Minuten darüber diskutieren würden, was sie als Nächstes taten, trat Dylan einen Schritt in die Richtung, die Jo vorgeschlagen hatte, und zog sie sanft an seine Seite, womit sie sich einen Platz gesichert hatten. Nun mussten sie nur noch ein paar hübsche Möbelstücke aufbauen, dabei verliebt aussehen und es schneller tun als die anderen. Ein Kinderspiel. Er fragte sich, ob er bessere Chancen hatte, im Lotto zu gewinnen.

KAPITEL 7

Wie schwer konnte das Ganze schon sein? Bisher lief alles wie am Schnürchen. Wenn Jay und Sandy weiterhin so unterkühlt zueinander waren, würden sie mit Sicherheit bald ganz hinten im Rennen liegen.

„Stimmt irgendwas nicht?", fragte Dylan leise, wobei sein Blick zwischen Jo und den Kisten hin- und herwanderte.

„Nein. Ich denke nur nach." Sie hatte nicht mit gerunzelter Stirn dastehen wollen. Ihre Mutter hatte ihr stets gesagt, sie habe ein zu ausdrucksstarkes Gesicht und würde eine schlechte Pokerspielerin abgeben.

Einmal hatte sie eine Lehrerin gehabt, die sich für das Niveau ihres Unterrichts immer an den Schülerinnen und Schülern orientierte, die am verwirrtesten wirkten, was sie anhand des Gesichtsausdruckes zu deuten versuchte. Jos Miene war so lebhaft gewesen, dass die Lehrerin immer dann etwas noch einmal oder einfacher erklärte, wenn Jo eine Grimasse schnitt. Die Frau hatte beinahe ein Jahr gebraucht, um zu erkennen, dass Jos Gesichtsausdruck nur in den seltensten Fällen etwas mit dem Stoff zu tun hatte, den die Lehrerin erklärte. Nun war es also besonders wichtig, dass sie sich darum bemühte, ihre Gedanken stets zu verbergen.

Gemeinsam öffneten sie die erste Kiste, in der sich die Kommode befand.

Dylan holte die Tüte mit den Einzelteilen hervor.

„Wir beginnen mit dem größten Projekt, dann können wir besser einschätzen, wie wir in der Zeit liegen."

Das schien Jo sinnvoll. Sie half dabei, den Karton zu leeren, alle Teile nach Größe zu sortieren, und achtete dabei darauf, keine kleinen Gegenstände zu verlieren. Dann schaute sie Dylan an. „Was tust du da?"

„Ich lese die Anleitung." Er wandte den Blick nicht von der Seite ab.

„Wie schockierend. Ein Mann, der eine Anleitung liest?"

Diesmal hob er den Blick und begegnete ihrem. „Das soll vorkommen." Er faltete das Papier zusammen und legte es zur Seite.

„Sollen wir sie zusammen lesen, während wir aufbauen?" Sie versuchte, nach der Anleitung zu greifen.

„Nicht nötig."

„Dann bist du also doch ein klischeehafter Mann?"

„Wie bitte?" Er hörte auf zu lesen und blickte erneut zu ihr auf.

„Du hast wunderschöne Augen." Das hatte sie nicht laut aussprechen wollen, weswegen sie sich instinktiv eine Hand vor den Mund schlug. Offenbar musste sie nicht nur ihre Miene, sondern auch ihr loses Mundwerk kontrollieren. „Sorry. Das wollte ich nicht sagen."

„Dann habe ich also keine schönen Augen?" Nun lächelte er sie aus diesen schokoladenbraunen Augen mit den paar helleren Sprenkeln an.

Sie verlagerte ihr Gewicht auf die Fersen und erwiderte das Lächeln. „Doch, hast du."

„Danke." Er hielt einen weiteren Moment lang inne. Dann öffnete er den Mund, schloss ihn wieder und öffnete ihn noch einmal.

„Was?"

Er schüttelte den Kopf und deutete auf das lange Stück Holz neben ihr. „Gibst du mir das bitte?"

Nickend kam sie seiner Bitte nach, und sie begannen, schweigend zu arbeiten. Nur ab und zu wechselten sie ein paar Worte, um sich abzusprechen, welcher Schritt als Nächstes folgen sollte.

Er griff nach einem langen Brett, und Joe schaute auf die Anleitung, die neben ihm auf dem Boden lag. „Ich glaube nicht, dass das dort hinkommt."

„Ich weiß, aber wenn wir es tiefer einsetzen als auf dem Bild angezeigt, wird es stabiler."

Es gehörte nicht zu ihren Talenten, Möbel aufzubauen, aber selbst sie konnte erkennen, dass es eine logische Entscheidung war. „Nicht schlecht für einen Anwalt."

Sein Lächeln schwand, und zwischen seinen Brauen bildete sich eine leichte Falte. Sie hatte keine Ahnung, ob es am Projekt lag oder daran, was sie gerade gesagt hatte. Vielleicht würde sie es später herausfinden. Vielleicht machte sie sich aber auch nur zu viele Gedanken. Während Dylan die letzten Teile an den Rahmen der Kommode anbrachte, setzte sie die Schrauben in die Schubladen ein. Nach ein paar weiteren Minuten war das Möbelstück fertig aufgebaut und sah noch dazu gut aus.

Verdammt, Colin und Debbie öffneten bereits den nächsten Karton, nachdem sie die Hollywoodschaukel aufgebaut hatten. Sie hätte wissen müssen, dass ein Mann mit Brille gut darin war, Anleitungen zu entziffern. Im nächsten Moment rief sie sich zur Raison, denn sie erinnerte sich daran, wie oft ihre Mutter ihr gesagt hatte, niemanden nach seinem Äußeren zu beurteilen.

„Du runzelst schon wieder die Stirn."

Es bedurfte all ihrer Selbstbeherrschung, nicht die Augen zu verdrehen. Nicht wegen ihm, sondern wegen sich selbst.

Ihre Gesichtszüge zu kontrollieren, war sogar noch schwerer für sie, als ihre Hände beim Reden ruhig zu halten. Sie würde sich mehr konzentrieren müssen. „Sie sind mit dem ersten Möbelstück schneller fertig geworden als wir."

Dylan schaute zu den anderen hinüber. Während er ihre Gegner musterte, machte sich ein langsames Lächeln auf seinem Gesicht breit. „Komm, wir machen uns wieder an die Arbeit. Wir müssen noch zwei Teile aufbauen."

Natürlich hatte er recht gehabt. Sie hatten die Runde noch nicht verloren. Sie griff nach der Schere, um die Kiste aufzuschneiden, und bemerkte, dass Jay und Sandy noch immer am Schreibtisch arbeiteten. Es war witzig, dass sie alle mit einem anderen Möbelstück begonnen hatten, aber was ihre Aufmerksamkeit wirklich weckte, war die Tatsache, dass die anderen beiden immer weiter im Rückstand lagen. Statt Erleichterung zu empfinden, dass Dylan und sie vorn lagen, fühlte sie sich schrecklich, weil die anderen Schwierigkeiten mit dem Aufbauen hatten. Sie wollte zwar gewinnen, aber erst in dieser Sekunde wurde ihr bewusst, dass dies automatisch bedeutete, dass ein anderes Paar verlor. Und warum wurmte sie das so sehr?

Dylan hätte es immer noch bevorzugt, seine eigenen Möbel nach seinem eigenen Konzept herzustellen, aber dennoch war die Challenge unterhaltsamer, als er gedacht hatte. Er war noch nicht bereit, darüber nachzudenken, ob der Spaß vielleicht eher an der Gesellschaft und nicht am Projekt selbst lag.

Nachdem sie die Box mit dem Schreibtisch geöffnet hatten, machten sie sich eilig an die Arbeit. Wie auch beim vorherigen Möbelstück überflog er schnell die Anleitung, versuchte, mögliche Tücken auszumachen und verschaffte sich einen groben Überblick darüber, wie es am Ende auszusehen hatte.

Kurz nachdem Colin und Debbie die Hollywoodschaukel zu Ende gebaut hatten, hüpften sie vergnügt auf und ab.

Sandy, die eine Schublade der Kommode auf ihrem Schoß platziert hatte, erinnerte ihn ein wenig an seine Schwester, als sie zehn Jahre alt und bereit gewesen war loszuheulen, nachdem er ihr ihre Lieblingspuppe weggenommen hatte.

„Verdammt", murmelte Jo.

Sein Blick huschte zurück zu dem glücklichen Paar, das auf der Stelle hüpfte. Und zur Hollywoodschaukel hinter ihnen. Mit verengten Augen betrachtete er die Schaukel genauer und musste sich ein Lachen verkneifen. „Noch nicht."

Jo folgte seinem Blick. Sie beugte sich so weit zu ihm heran, dass seine Ohren kitzelten, als sie ihm zuflüsterte. „Wovon redest du?"

Kaum hatte sie den Satz beendet, setzte sich das Paar auf die Schaukel und landete auf dem Teppich.

„Oh nein." Jo schlug sich eine Hand vor den Mund.

Dylan beugte sich zu ihr vor. „Sie haben eine Querstange vergessen. Ich vermute, sie wussten nicht, dass der Stuhl ihr Gewicht so nicht halten würde."

Um ihr zu zeigen, was er meinte, deutete er diskret auf die Stelle, an der etwas fehlte. Dann nahm er ihre Hand und zog sie wieder zu ihrer Arbeitsstation heran, wo sie das letzte Möbelstück aufbauten.

„Meine Damen und Herren." Ein Mann, den Dylan noch nicht kannte, der aber vermutlich der Moderator der Sendung war, stand neben ihnen und schüttelte den

Kopf. „Sieht aus, als würde es nicht ausreichen, schneller zu sein als die anderen."

Nun durften die Zuschauerinnen und Zuschauer, die den ganzen Morgen hinter dem Band gestanden hatten, der sie von den Paaren abgrenzte, die Möbelstücke unter die Lupe nehmen und notierten sich Punkte dazu, welche Möbelstücke am besten gelungen waren und welche Paare am besten zusammengearbeitet hatten.

Mittlerweile hatten Jay und Sandy die Schubladen in die Kommode eingesetzt und hatten auf der Schaukel Platz genommen. Die beiden berührten sich immer noch nicht, was Dylan daran erinnerte, was Jo vorhin zu ihm gesagt hatte. Ohne ein Wort griff er nach ihrer Hand und brachte die Schaukel mit seinem Fuß zum Schwingen. Ihm gefiel die Idee, mit seiner Partnerin auf der Veranda auf einer Hollywoodschaukel zu sitzen. Sie gefiel ihm wirklich.

„Nun gut", sagte der Moderator durch einen Lautsprecher. „Was Schnelligkeit betrifft, sind Dylan und Jo auf Platz eins mit drei Punkten, Jay und Sandy mit zwei Punkten auf Platz zwei, und Colin und Debbie haben die Challenge nicht beendet, was null Punkte bedeutet. Aber das war erst der erste Tag, und es wird noch viele weitere Gelegenheiten geben, das Ranking zu verändern.

„Oh-oh." Jo stieß ihn mit dem Ellbogen an.

„Was?"

Mit dem Kinn deutete sie zu Colin und Debbie. Debbie biss die Zähne zusammen und fluchte leise. In der nächsten Sekunde trat Colin an ihre Seite, lächelte sie an, strich ihr eine Strähne hinter das Ohr, und schon wirkten die beiden wieder wie verliebte Teenager. „Ach, schon gut."

„Und nun folgen die Punkte für das beste finale Ergebnis und das beste Teamwork", verkündete der

Moderator. Diesmal hatten Dylan und Jo gewonnen, auf dem zweiten Platz waren Jay und Sandy, während Colin und Debbie das Schlusslicht bildeten, auch wenn sie für ihre Teamarbeit mehr Punkte erhalten hatten als Jay und Sandy. „Kommen Sie heute Abend wieder, wenn sich die Paare für eine weitere Challenge zusammenfinden. Diesmal wird es um Musik gehen."

„Was zur Hölle soll das heißen?", fragte Jo.

Dylan zuckte mit den Schultern. Musik war nichts, was ihm Angst bereitete. Er hatte einen ziemlich breit gefächerten Musikgeschmack. Während er für Prüfungen am College und später an der Law School gelernt hatte, hatte er stets im Hintergrund Musik laufen lassen – Songs aus der Zeit, in der sein Großvater jung gewesen war, bis in die Gegenwart. „Keine Ahnung. Aber bisher macht mich nichts davon nervös."

„Hattest du damit gerechnet, dass du nervös sein würdest?" Sie hielt noch immer seine Hand, und sie schaukelten noch immer.

Er unterdrückte ein Schmunzeln. „Vielleicht. Ein bisschen."

„Gut. Ich dachte schon, ich wäre die Einzige gewesen."

„Läuft ziemlich gut, was?" Carson trat hinter die beiden und klopfte Dylan auf den Rücken. Kurz drehte er sich nach hinten, um sich umzuschauen, ehe er sich nach vorn beugte. „Ihr zwei seht wie ein richtiges Paar aus. Gut gemacht."

Bevor einer von ihnen etwas erwidern konnte, ging Carson weiter und sagte ein paar aufmunternde Worte zu den anderen Teilnehmern.

„Meinst du, alles wird so einfach werden?" Jo hielt ihren Blick auf Carson und die anderen Paare gerichtet.

Dylan hob eine Schulter. „Ich weiß es nicht." Zumindest hoffte er es, aber irgendetwas in ihm sagte ihm, dass es zu gut war, um wahr zu sein.

KAPITEL 8

„**W**ürdest du bitte kauen, bevor du schluckst?" Mina betrachtete die jüngste Schwester der Familie Ummarino und schüttelte den Kopf.

„Ich kann nicht anders." Jo hielt das Sandwich hoch, ehe sie es ablegte, um sich den Mund abzuwischen. „Ich bin völlig ausgehungert. Wer hätte gedacht, dass ein Wettbewerb einen solchen Hunger macht?"

Ginnie deutete mit dem Daumen auf Dylan. „Er nimmt auch teil, und er schaufelt sich nicht das Essen rein wie ein Gorilla im Bananenfeld."

Alle an dem großen Familientisch drehten sich um und schauten Ginnie überrascht an.

„Woher hast du solche Ideen?" Jo griff nach einem Stück Salami aus ihrem Sandwich. „Es gibt keine Bananenfelder."

„Darum geht es doch gar nicht." Ginnie deutete mit der Gabel auf ihre jüngste Schwester, ehe sie ihren Salat weiter aß.

„Was kommt als Nächstes?" Angela griff nach ihrem Fruchtpunsch.

„Eine Musik-Challenge", murmelte Jo mit dem Sandwich an ihren Lippen.

„Oh." Ihre Cousine Teresa setzte sich aufrecht hin. „Ich liebe Musik-Ratespiele."

Dylan lehnte sich auf seinem Stuhl zurück. „Ich bin mir nicht sicher, ob es ein Quiz ist."

Ihre Schwester Mina runzelte die Stirn. „Was soll es denn sonst sein?"

„Das fragen wir uns auch." Jo legte ihr Sandwich wieder ab.

Zunächst hatten Dylan und sie vorgehabt, getrennt zu Mittag zu essen, aber da der einzige andere Freund, den er an Bord hatte, Carson war und sie ohnehin so tun mussten, als wären sie frisch verliebt, hatten sie beschlossen, zusammen zu essen. Bevor sie sich mit ihren Schwestern und Freundinnen getroffen hatten, waren sie nach unten gegangen, um nach Colleen zu sehen.

Sie fühlte sich so gut, dass sie beschlossen hatte, den Rat des Arztes zu missachten und sich nicht auszuruhen, sondern sich zu der Gruppe zu gesellen. Doch als sie geduscht und sich angezogen hatte, war ihr bewusst geworden, dass es doch keine gute Idee war, die Kabine zu verlassen. Sie hatten sie leicht grün im Gesicht und Suppe schlürfend im Bett vorgefunden, wo sie bis auf Weiteres bleiben wollte.

„Da das Produktionsteam dich so einspannt, dass wir kaum Zeit mit dir verbringen können", Brenda dippte ihre Pommes in den Ketchup, „können wir doch einfach zu den Challenges dazukommen."

„Das könnte Spaß machen." Teresa zuckte mit den Schultern.

Ginnie warf ihre Hände in die Luft. „Ich mag Musikspiele wirklich gern."

Jo schob sich den letzten Bissen ihres Sandwiches in den Mund und schluckte eilig. „Das ist euch überlassen."

Ihre Freundinnen und Verwandten schauten einander an und nickten.

Mina wandte sich wieder zu Dylan um. „Dann werde wir euch wohl heute beim Karaoke oder in einer Quizshow erleben dürfen – was auch immer es am

Ende sein mag.“

„Solange ich nicht Trompete spielen muss, ist alles in Ordnung.“

Dylan schmunzelte über den schlechten Witz.

Er war zwar erst seit einer Stunde mit den Frauen des Junggesellinnenabschieds zusammen, aber er schien gut damit klarzukommen, dass er der einzige Mann war. Wenn man bedachte, dass die Männer der Ummarino-Familie oftmals überwältigt waren, wenn zu viele Frauen im Raum waren, war sie wirklich beeindruckt, wie entspannt er war. Vielleicht sollte sie in Zukunft einen Anwalt daten.

„Wo findet die nächste Challenge statt?“ Angela schob ihren Stuhl zurück. „Ich muss noch kurz in mein Zimmer.“

„In der Piano-Lounge.“ Jo nahm einen Schluck von ihrem Eistee. „Warum musst du denn erst noch ins Zimmer?“

„Na, ich muss mein Handy holen. Jemand muss doch Bilder machen.“

Brenda schüttelte den Kopf. „Videos eignen sich besser für Erpressung.“

Die beiden Frauen lachten, und Jo verschluckte sich beinahe. „Das könnt ihr nicht tun. Was, wenn Mom die Videos sieht?“

„Entschuldigung“, Mina starrte ihre Schwester an, als hätte sie ein drittes Auge, „dir ist schon klar, dass du den ganzen Tag von einem Fernsehteam gefilmt wirst, oder?“

„Ja, aber Carson hat mir versichert, dass es nicht ausgestrahlt wird, ehe wir zu Hause sind, was mir genügend Zeit gibt, um Moms Fernseher kaputt zu machen.“

„Ha.“ Ginnie schnaubte. „Als ob dir das gelingen würde.“

Ihre Schwestern hatten recht. Sie würde sich etwas

einfallen lassen müssen. Wenn die Sache vorbei war. „Keine Handys", sagte sie dennoch.

„Spielverderberin." Angela streckte ihr die Zunge raus.

Es dauerte nicht lange, bis alle bereit waren, in die Lounge zu gehen und in der ersten Reihe Platz zu nehmen.

„Lieber Himmel." Teresa legte sich eine Hand an den Hals.

„Was ist los?" Jo schaute zum Tisch, aber Teresa hatte keinen Drink und kein Essen vor sich stehen, also konnte sie sich nicht kurz davor sein, zu ersticken.

Dennoch bewegte sie jetzt nur den Mund, ohne dass ein Ton herauskam. Teresa hob einen Arm und zeigte auf den Mann, der die nächste Challenge moderieren sollte. „Das ist, das ist … Er ist …"

„Um Himmels willen." Mina verdrehte die Augen. „Spuck's aus."

„Dirk Simpson."

„Wer?", fragte Jo.

„Der Moderator dieser Realityshow, in der kranken Kindern Wünsche erfüllt werden."

Jo wirbelte auf ihrem Stuhl herum, um den Mann einer genaueren Musterung zu unterziehen. Er war ein wenig älter und sein Haar mittlerweile ein wenig kürzer, aber ihre Cousine hatte recht. Sie lehnte sich zurück und stieß die Luft aus.

„Stimmt irgendwas nicht?", fragte Dylan leise und legte ihr eine Hand auf die Schulter.

„Alles in Ordnung." Sie schüttelte den Kopf. „Es ist nur der Lieblingsmoderator meiner Mutter, und die Show war ihre Lieblingssendung. Egal wie man es dreht und wendet, ich werde sie nicht davon abhalten können, sich die Staffel anzusehen. Ich bin geliefert."

So blass, wie Jo mit einem Mal geworden war, war er sich nicht sicher, ob sie mittlerweile auch seekrank war und ihr gesamtes Mittagessen und Frühstück wieder hochkommen würde. So, wie ihr Gesicht aussah, war aber selbst diese Option offenbar angenehmer, als sich mit ihrer Mutter auseinanderzusetzen. Er kannte die Frau zwar nicht, doch er machte sich ganz ähnliche Sorgen in Bezug auf seine Kolleginnen und Kollegen. Und seine Klientinnen und Klienten. Aber darüber wollte er sich im Moment keine Gedanken machen.

„Herzlich willkommen, meine Damen und Herren." Dirk stand vor einer kleinen Bühne.

Während er sprach, kamen immer mehr Passagiere hinzu und blieben stehen, um sich anzusehen, was vor sich ging.

„Heute Nachmittag gibt es eine kleine Überraschung." Er fasste drei Paare, die Hand in Hand auf die Bühne kamen, mit einer Handbewegung ein.

Hätten sie nicht so elegant ausgesehen in ihrer formellen Kleidung und mit den frisch gestylten Haaren, hätte er vermuten können, dass es sich um weitere Teilnehmer handelte.

Nun stellte der Moderator jedes Paar mit Namen vor als diese vortraten und einen Knicks oder eine Verbeugung vollführten. „Hier seht ihr einige unserer besten Tänzerinnen und Tänzer aus unserer Broadwayproduktion. sie werden uns nun eine Darbietung des beliebten", er senkte die Stimme und beugte sich näher an sein Mikrofon heran, „und romantischen", er richtete sich wieder auf und sprach lauter weiter, „Tangos! Applaus!"

In den nächsten Minuten sah David zu, wie die drei Paare über die Tanzfläche schwebten. In dem Moment, in dem einer der Männer seine Partnerin beinahe durch den Raum warf, japste die Menge nach Luft. Als die Tänzerin erst kurz über dem Boden verharrte und dann schwungvoll wieder aufsprang, brachen die Zuschauer in tosenden Applaus aus.

Dylan konnte sich nicht vorstellen, jemals gut genug zu sein, um diesen sinnlichen, berühmten Tanz auf die gleiche Weise hinzubekommen. Als alle drei Tänzer ihre Partnerinnen ein letztes Mal auf ihrem Arm ruhend senkten, klatschen alle begeistert. Auch er.

„Wow", flüsterte Jo an niemand Bestimmtes gerichtet. „Einfach nur wow."

„Du nimmst mir das Wort aus dem Mund." Ginnie klatschte so fest und schnell, dass Jo befürchtete, sie könnte sich die Finger brechen.

„Und jetzt", fuhr Dirk fort, „möchte ich unsere Teilnehmer auf die Bühne bitten."

Dylan hielt Jo seinen Arm hin. Die Geste kam ihm ganz natürlich vor. Wie etwas, das sie schon seit Jahren taten. Für sich selbst und Colleen hoffte er, dass der Rest der Zuschauer, sowohl hier als auch vor dem Fernseher, es ebenso empfinden würden.

„Für euren Tanzwettbewerb?" Er hielt inne und lächelte in die wachsende Menge hinein. „Sagte ich vorhin was von Musik?"

Mehrere Personen nickten, und er wiederholte die Frage, woraufhin die Menge begeistert applaudierte.

„In der Tat", rief er. „Das hier ist ein Tanzwettbewerb, und in diesem Hut verbergen sich mehrere traditionelle Tänze." Er hielt einen großen Cowboyhut in die Höhe. „Von den Paaren wird jeweils eine Person einen Zettel daraus ziehen, und dann muss die andere Person ohne Musikuntermalung in drei Versuchen erraten, um welchen Tanz es sich handelt. Sollte es dem Paar nicht gelingen, darf es das nächste Paar versuchen."

Das war nicht das, was Dylan erwartet hatte, und noch dazu war er ein fürchterlich schlechter Tänzer. Auf der Bühne entschied sich jedes Paar, wer von den tanzen und wer raten musste. Jos Miene nach zu urteilen war sie genauso wie er, wenig begeistert von dem Spiel.

Vielleicht sollte er einfach den Anfang machen und die Sache hinter sich bringen, aber auf der anderen Seite konnte es auch von Vorteil sein, sich erst anzusehen, welche Maßstäbe die anderen setzten. Er hoffte, dass diese niedrig sein würden.

Colin und Debbie begannen. Er zog einen Zettel, nickte lächelnd und gab ihn dem Moderator. Dann wiegte er seine Hüften, schlug sich mit den Händen auf die Brust, legte sie hinter seinen Kopf und verzog das Gesicht, was Dylan verriet, dass er nicht wusste, was er als Nächstes tun sollte.

Dirk schien es auch zu erkennen. „Und Singen ist nicht erlaubt", rief er den Teilnehmern wieder in Erinnerung. „Wenn euer Partner den Tanz nicht erraten kann, bekommen die anderen Paare eine Chance."

Der Mann tanzte noch eine Weile weiter, während Debbie ihre Ideen in den Raum rief: Twist und Monster Mash. Sie hatte offenbar keine Ahnung, welchen Tanz ihr Partner vorführte. Nachdem sie ein drittes Mal falsch geraten hatte, durften die anderen es versuchen.

„Macarena", rief Dylan, was ihm und Jo einen Punkt verschaffte.

Colin und Debbie saßen neben ihm. Sie runzelte die Stirn und schnaubte, eindeutig unglücklich darüber, dass sie nicht gewonnen hatte. Am Ende des Spiels würde er sie aufmuntern, was den Zuschauern mit Sicherheit gefallen würde.

Obwohl jedes Paar drei Tänze erraten musste, verging die Zeit rasend schnell, bis er und Jo an der Reihe waren. Bisher hatte er während dieses Spiels herausgefunden, dass der Hühnertanz älter war als die Teilnehmer und dass Debbie keinen Moonwalk konnte.

Jay hatte als Erster von den beiden das Tanzen übernommen, was keine Überraschung gewesen war. Was Dylan allerdings überrascht hatte, war die Tatsache, dass Sandy beim dritten Tanz ihre Ideen schneller ausrief und sogar lächelte, als sie richtig geraten hatte.

Als Jo und er an der Reihe waren, hoffte er, dass er etwas Einfaches ziehen würde. Zum Beispiel Twist oder Charleston. Doch dieses Glück blieb ihm verwehrt. Wer hätte ahnen können, dass Floss und Dougie Tanzstile waren? Gewiss nicht Jo und er. Am Ende wurden sie Dritte. Hoffentlich würden sie während dieser Kreuzfahrt nicht noch einmal tanzen müssen.

Dylan hatte sich noch nie so sehr gefreut, dass etwas vorbei war. Er hätte lieber noch einmal seine Abschlussprüfung gemacht, statt sich zu blamieren, indem er für die längsten sechzig Sekunden seines Lebens mit den Armen in der Luft herumwedelte.

„Und jetzt", verkündete Dirk, „haben wir für unsere Teilnehmer und Zuschauer etwas ganz Besonderes."

Wenn Worte wie diese aus dem Mund eines Realityshow-Moderators kamen, waren sie angsteinflößend.

„Sie erinnern sich noch an unsere professionellen Tanzpaare?"

Der tosende Applaus der Menge verriet, dass niemand die grandiose Vorführung vergessen hatte.

„Wunderbar." Der Mann in dem eng anliegenden weißen Anzug grinste. „Ab morgen früh …"

Dylan schloss die Augen und spürte, wie Jos Hand, die er hielt, kühl wurde.

„Wird jeder von Ihnen eine Woche Tanzstunden bekommen."

Okay. Er atmete erleichtert aus. Er hatte auf Drängen seiner Mutter schon einmal einen Cotillion überlebt. Er konnte es schaffen. Doch mittlerweile war Jos Hand nicht mehr nur kühl, sondern eiskalt.

„Ihr werdet alle diesen atemberaubenden Tango einstudieren und am letzten Abend der Kreuzfahrt vorführen. Und natürlich wird es eine Jury geben, aber das ist eine Überraschung für einen anderen Tag. Ist das nicht wundervoll, Leute?"

Mit einem Mal kam Dylan in den Sinn, dass seine lange Freundschaft mit Carson vielleicht doch nicht so wichtig war. Was konnte schon passieren, wenn er das Leben und die Karriere des Mannes ruinierte? Seine Mutter würde ihm verzeihen, dass er seinen besten Freund im Stich gelassen hatte. Schließlich liebte sie Dylan mehr. Vielleicht.

Hinter sich konnte er die leisen Worte von Jos Familie hören.

„Es hätte schlimmer kommen können."

„Wie spannend!"

Als er sich seiner zukünftigen Tanzpartnerin zuwandte, konnte er die gleichen Zweifel in ihren Augen sehen, die dafür sorgten, das sich ihm der Magen umdrehte. Das war definitiv nicht das, was er sich unter Challenges vorgestellt hatte.

Er sollte Tango lernen? So wie die Paare, die in roten Kleidern und eleganten Anzügen vor ihm standen? Worauf hatten sie sich nur eingelassen?

KAPITEL 9

„Langsam spricht es sich herum." Jo blickte über die Reling auf das fast schwarze Meer unter dem Sternenhimmel hinaus.

„Ich traue mich kaum zu fragen, aber was genau spricht sich herum?" Dylan stand an ihrer Seite. So nahe, dass alle, die vorbeikamen, sehen konnten, dass sie zusammen waren, jedoch so weit voneinander entfernt, dass sie nicht in den persönlichen Bereich des anderen eindrangen.

„Dass wir an der Show teilnehmen."

„Das ist auch schwer zu übersehen", rief Brenda von ihrer Liege am Pool, während sie an einem Drink nippte. „Besonders weil der Typ mit der Kamera euch ständig folgt."

Dylan lachte. „Gutes Argument."

„Wenigstens haben wir ein bisschen Zeit für uns." Jo wandte ihren Blick vom Meer ab und sah, dass Dylan sie mit hochgezogener Augenbraue ansah.

„Du meinst für uns und ein paarhundert Passagiere." Er drehte sich zu ihrer Familie um, die das Freilichtkino genoss, und betrachtete die Passagiere in den Liegestühlen.

Sie zuckte mit den Schultern. „Okay, vielleicht nicht ganz für uns."

Wie auf Kommando lachten beide los und stützten sich mit den Armen auf der Reling ab.

„Ich glaube, ich trinke noch einen." Brenda schaute

sich um und erhob sich von der Liege.

Mina saugte den Rest ihres Drinks durch den Strohhalm. „Ich auch."

„Solltet ihr beide nicht ein bisschen langsamer trinken? Die Drinks sind ziemlich stark." Ginnie hatte ihr Glas nicht mal zur Hälfte geleert.

„Warum?", fragten die beiden Freundinnen gleichzeitig und brachen in Gelächter aus wie zwei Schulmädchen.

„Ist ja nicht so, als müssten wir noch Auto fahren", fügte Brenda hinzu.

„Stimmt." Ginnie zuckte mit den Schultern. „Ich meine ja nur."

„Warte. Ich gehe mit euch." Angela sprang auf und tätschelte Ginnie die Schulter. „Nur um sicherzugehen, dass sie den Weg zurück finden", neckte sie.

Das brachte Jo und Dylan zum Lachen.

Dylan legte den Kopf schief und schaute Jo an. „Es ist schön, zu lachen."

Sie nickte lächelnd und fühlte sich in diesem Moment vollkommen zufrieden. „Ja, das ist es." Sie drehte sich zu ihm um und legte einen Ellbogen auf die Reling. „Ich nehme an, du lachst nicht oft?"

„Ich bin Anwalt. Ich habe Glück, wenn ich überhaupt etwas zum Lachen habe."

„Was hat das eine denn mit dem anderen zu tun?"

„Wir sehen oft die negativen Seiten des Lebens. Ganz egal, was für eine Art von Anwalt man ist. Im Unternehmensrecht gibt es immer irgendeinen Halsabschneider, der den Kleinen an den Kragen will. Bei Scheidungen gibt es ständig Streit über Geld oder Sorgerecht, obwohl ich gehört habe, dass es auch Leute gibt, die sich mehr um ihre Hunde streiten. Wenn es um Kriminalfälle geht, muss ich wohl nicht weiter ausführen, welche negativen Seiten man sieht. Und dann gibt es auch …"

Noch immer schmunzelnd unterbrach sie ihn mit einer gehobenen Hand. „Schon kapiert. Tut mir leid, dass ich gefragt habe.“

„Nein. Mir tut es leid. In letzter Zeit bin ich meines Jobs ein wenig überdrüssig geworden.“

„Möchtest du darüber reden?

„Die Art, wie er sie ansah, beinahe als würde er durch sie hindurchsehen, ließ in ihr die Frage aufkeimen, was es mit diesem Mann auf sich hatte, der um einen Preis spielte, hinter dem er nicht einmal sonderlich her zu sein schien.

„Es wurde immer angenommen, dass Jura allen Mitgliedern der Familie Barnes im Blut liegt.“

„Angenommen?“

„Alle erstgeborenen Söhne müssen Anwälte werden.“

„Und du bist der erstgeborene Sohn.“ Es war keine Frage.

„Ich bin der einzige Sohn.“ Er hielt einen langen Moment inne, ehe er fortfuhr. „Ich habe eine jüngere Schwester.“

„Ah, wie viel jünger?“

„Nur drei Jahre.“

„Steht ihr euch nahe?“

Sein Mundwinkel hob sich. „Manchmal fühlt es sich so an, aber ich glaube, das ist eher Wunschdenken.“ Er schien über etwas nachzugrübeln, vielleicht darüber, wie viel er preisgeben sollte. „Ich beneide dich darum, wie du mit deinen Schwestern interagierst.“

Das ließ sie stutzen. Sie gingen wie Schwestern miteinander um. Nichts Besonderes. „Inwiefern?“

„Ihr neckt euch gegenseitig, macht Witze und hackt sogar ein bisschen aufeinander rum. Wie Ginnie und Mina gerade mit den Drinks. Aber auf der anderen Seite kümmert ihr euch auch umeinander und steht füreinander ein.“

„Diese Rückschlüsse ziehst du nach fünf Minuten Witzeleien über ein alkoholisches Getränk?" Ja, alles, was er sagte, stimmte zwar, aber dass er so schnell mit so wenigen Beweisen darauf gekommen war, überraschte sie.

„Ich erlebe euch doch schon sein gestern Nachmittag. Zum Beispiel haben deine Schwestern dich für verrückt gehalten, weil du mit einem Fremden zusammen so tun willst, als wärt ihr verliebt. Und jetzt, einen Tag später, unterstützen sie dich."

Irgendwie war sie einfach davon ausgegangen, dass sie sie unterstützen würden, ganz egal, wie verrückt die Idee war. „Na ja, wer im Glashaus sitzt …"

Dylan lachte. „Sollte nicht mit Steinen werfen?"

„Ja, auch – aber ich meinte eher, dass es etwas anderes ist, als Außenstehende hineinzublicken als drinzusitzen und hinauszuschauen." Sie atmete langsam ein, dachte über ihre Worte nach und atmete aus. „So hatte ich es wohl noch nie betrachtet. Die Jüngste von dreien zu sein, hat mir das Gefühl gegeben, immer mithalten zu müssen. Ständig sagte man mir, ich müsse auf etwas warten, bis ich älter bin. Selbst jetzt, wo wir alle erwachsen sind und arbeiten, fühle ich mich manchmal, als würden die anderen mich weniger ernst nehmen."

„Das ist mir noch nicht aufgefallen."

Sie zog die Augenbrauen zusammen. „Wie sollte es auch?"

„Alle, auch deine Nachbarin und die Freundin deiner Schwester, hatten eine Meinung zu deiner Entscheidung, und dennoch hast du gewonnen." Er zuckte mit den Schultern.

„Wie hätte es anders auch sein sollen? Es ist mein Leben." Sie schmunzelte. „Und mein Preisgeld."

„Ich gebe auf."

„Sorry. Wie bitte?"

„Es ist dein Leben, deine Entscheidung und vielleicht auch dein Geld, aber ob sie deine Wahl nun gutheißen oder nicht, sie werden auch morgen zur Challenge kommen und dich anfeuern. Sie haben ohne Weiteres ihre Pläne umgeworfen, um sich deinen anzuschließen. Und bisher scheinen sie sich zu amüsieren.“

„Ja, das glaube ich auch.“ Sie musste zugeben, dass er recht hatte. Die Unterstützung ihrer Schwestern, egal wie verrückt ihre Idee war, war etwas, das sie stets als selbstverständlich betrachtet hatte. Sie konnte sich ein Leben ohne sie nicht vorstellen, selbst wenn sie sie oftmals für verrückt erklärten.

„Außerdem vermute ich, dass du vorhast, das Geld mit deiner Familie zu teilen.“ Er stellte sich die drei Schwestern lachend am letzten Tag vor.

Ihre Augen weiteten sich, und ihre Brauen schossen in die Höhe.

Er konnte nicht einschätzen, ob er den Nagel auf den Kopf getroffen hatte oder vollkommen falsch lag.

„Bist du auch im Gerichtssaal so gut?“

Er schüttelte den Kopf. „Ich bin kein Strafverteidiger. Aber ja, Leute und ihre Absichten einzuschätzen, ist die Basis für erfolgreiche Verhandlungen. Ein guter Anwalt muss wissen, wann man vorpreschen kann und wann man nach Hause gehen sollte.“

„Und du bist gut?“

„Gut genug.“

„Aber?“

„Meine Schwester ist besser.“

„Sie ist auch Anwältin?“

Er nickte. „Aber ich glaube, ihr liegt Jura im

Gegensatz zu mir tatsächlich im Blut. Ich bin Anwalt, weil es mein ganzes Leben lang von mir erwartet wurde."

„Das klingt hart."

„Ich darf mich nicht beklagen."

„Aber das würdest du gern? Erzähl mir nicht, du wärst lieber Arzt geworden."

„Das brachte ihn zum Lachen. „Wohl kaum. Ich kann kein Blut sehen."

„Was dann?"

„Möbel."

„Wie bitte?" Ihre bezaubernden blauen Augen wurden groß.

„Als ich klein war, hat der Vater meiner Mutter mir beigebracht zu schnitzen. Nachdem ich gelernt hatte, aus einem kleinen Stück Treibholz eine Pfeife zu machen, bin ich zu Schemeln, kleinen Bücherregalen und Beistelltischen übergegangen."

Sie nickte, und wieder spürte er, dass sich ihr Blick in ihn hineinbohrte. „Und das tust du immer noch gern."

„Ja."

Man musste ihr zugutehalten, dass sie einen langen Moment wartete, ob er noch etwas sagen würde, bevor sie weitersprach. „Und du bist gut darin."

Nichts davon war eine Frage, aber er nickte trotzdem.

„Und ich vermute, du stellst mittlerweile komplexere Dinge her als Schemel."

Wieder nickte er.

„Muss ich dir den ganzen Abend lang Fragen stellen?" Das weiche Lächeln auf ihren Lippen schwächte die Schärfe ihrer Worte ab.

„Ich kann mittlerweile alles herstellen, worum ich gebeten werde, aber seit ich meiner Großmutter einen Schaukelstuhl gebaut habe, ist es das Möbelstück, für das ich im Freundeskreis die meisten Anfragen bekomme.“

„Also bist du ein Anwalt, der nebenher Möbel baut.“

„Nicht wirklich nebenher, eher bei Gelegenheit. Wenn es auf der Arbeit stressig oder kritisch wird, kann ich mich wieder besser konzentrieren, nachdem ich eine Zeit lang mit den Händen gearbeitet habe.“

„Deswegen ist dir das Aufbauen der Kommode auch so schnell gelungen.“

„Vermutlich.“ Er nickte wieder. „Obwohl ich lieber eine eigene gebaut hätte.“

„Ich wette, sie wäre toll geworden.“ Ihr Blick wurde beinahe verträumt, aber er sah nichts als Aufrichtigkeit in ihren Augen.

„Danke.“

„Hast du jemals daran gedacht, deine Karriere als Anwalt aufzugeben, um Möbel herzustellen? Es gibt mittlerweile so viele Möbel, die nicht hochwertig sind, dass es mit Sicherheit viele Leute schätzen würden, ein handgefertigtes Möbelstück zu haben, das sie an nachkommende Generationen weitergeben können.“

„Ich habe mehr als einmal darüber nachgedacht, aber das würde meinen Vater fürchterlich enttäuschen.“

„Kann deine Schwester nicht in der Familienkanzlei arbeiten? Sie ist doch auch Anwältin.“

„Das tut sie bereits.“

Jo blinzelte angestrengt und runzelte die Stirn. „Wo ist dann das Problem?“

„Sie ist kein Sohn.“

„Na und?“

Er dachte darüber nach, wie einfach es aus ihrem Mund klang. Warum musste er in der Kanzlei bleiben, wenn seine Schwester ihren Job eindeutig mehr liebte als er?

Jo fuhr fort. „Vielleicht ist es meinem Vater nie in

den Sinn gekommen, uns anders zu behandeln, weil er keine Söhne hat. Obwohl ich mir nicht sicher bin, ob er je wollte, dass wir das Familiengeschäft übernehmen. Er hat immer gesagt, dass er den Laden verkaufen wird, wenn er in Rente geht, und mit Mom an alle Orte reisen wird, die sie immer besuchen wollte."

„Und was ist das Familiengeschäft?"

„Wir haben ein italienisches Feinkostgeschäft."

„Dein Vater hat es geründet?"

„Zusammen mit seinem Bruder. Wir alle, auch meine Schwestern und ich und meine Cousinen, haben früher in dem Geschäft gearbeitet, als wir Teenager waren, aber keine hat je Interesse daran gezeigt, es hauptberuflich zu tun. Es ist mir nie in den Sinn gekommen."

„Und das ist der Unterschied. Unsere Kanzlei existiert schon seit mehr als hundert Jahren. Dad wusste bereits als Kind, dass er Anwalt werden würde, und erwartete auch, dass seine zukünftigen Söhne eines Tages Anwälte werden würden."

„Erwartungen können einen unter Druck setzen."

„Ja, so kann man es sagen." Plötzlich schweiften seine Gedanken ab. „Was, wenn wir nicht gewinnen? Wenn wir das Geld nicht bekommen? Wie wirst du dich dann fühlen?"

„Als hätte ich mich umsonst im Fernsehen lächerlich gemacht?" Wieder schwächte ihr Lächeln die Worte ab. „Ich könnte dich das Gleiche fragen."

„Ich glaube, ich hätte mehr Mitleid mit Colleen. Sie nagt nicht am Hungertuch, aber sie spielt immer Lotto in der Hoffnung, endlich genügend Geld zu haben, um sich ein kleines Haus leisten zu können, ohne eine Hypothek aufnehmen zu müssen."

Jos Lächeln wurde breiter. „Dann können wir wohl nicht verlieren. Wie bist du darin, Sandburgen zu bauen?"

Er wünschte sich, sie hätte ihn nicht an die morgige Challenge erinnert. Die Produzenten hatten zwar nicht verraten, worum es darin gehen würde, aber die Worte Sand und Burg waren mehr als einmal gefallen. Und als Stadtkind hatte er, abgesehen von einer Badewanne, nur wenig Zeit am Wasser verbracht. „Nicht sonderlich gut. Und du?"

„Ich bin mir nicht sicher, ob es zählt, dass ich mit sieben meinen Vater einmal am Strand im Sand eingebuddelt habe, aber ich bin bereit, es zu versuchen."

Das war eine Sache, die er immer mehr an ihr mochte. Die meisten Frauen, die er kannte und die er gedatet hatte, wären bei der ersten Erwähnung einer unerwarteten Challenge schreiend davongelaufen.

Ginnie trat an Jos Seite. „Ich glaube, es ist an der Zeit, dass die beiden hier aufhören zu trinken. Wir gehen zurück in die Kabine. Kommst du mit?"

„Ja. Morgen muss ich früh aufstehen. Ich gehe also auch schlafen." Als ihre Schwester sich abgewandt hatte, beugte sich Jo vor, womit sie den Abstand zwischen ihnen schloss, und gab ihm einen Kuss auf die Wange, gefolgt von einem „Bleib nicht zu lange wach, es geht morgen schon zeitig los." Und dann war sie verschwunden.

Er hatte jahrelange Erfahrung darin, sich so zu kontrollieren, dass die andere Seite nie erkennen konnte, was er wirklich dachte, aber in diesem Moment fiel es ihm schwer, seine Hand nicht an seine Wange zu legen, die immer noch kribbelte. Wenn er sich schon nach zwei Abenden so fühlte, steckte er in größeren Schwierigkeiten, als er angenommen hatte.

KAPITEL 10

Der Morgen begann ähnlich wie am Tag zuvor, doch diesmal schliefen Mina und Brenda weiter. Aber wenn man einmal das Recht dazu hat, im Bett zu bleiben, dann war es im Urlaub, dachte Jo.

Offenbar war das morgendliche Meeting der Teams eine einmalige Sache gewesen. Damit Carson und Dylan ein wenig Zeit zusammen verbringen konnten, hatte Carson geplant, sich gleich oft mit allen Paaren zu treffen. Er durfte keine Favoriten haben. Da ein Teilnehmer mit dem Produzenten befreundet war, war es dem Team in Anbetracht der Tatsache, dass die Show hoffentlich mehrere Staffeln bekommen würde, besonders wichtig, dass die Sieger auf faire Weise gewinnen würden. Das fanden auch Jo und Dylan.

„Ich muss zugeben, ihr beide seht toll zusammen aus.“

Jo war sich nicht sicher, ob sie sich bedanken sollte.“

„Was ist eigentlich mit Jay und Sandy?“, fragte Dylan und sprach damit die Frage aus, die auch Jo durch den Kopf ging.

„Selbst wenn ich es wüsste, dürfte ich es euch nicht verraten. Aber es gibt keine Regel, die es euch verbietet, euch mit den anderen Paaren anzufreunden, also könnt ihr sie gern selbst fragen.“

„Dann weißt du es also nicht?", drängte Dylan weiter.

„Ganz ehrlich, ich weiß nichts über irgendjemanden außer dir." Er drehte seinen Kopf ins Jos Richtung. „Und ich weiß nichts über dich, nur dass du nicht Colleen bist." Sein Blick ging zurück zu seinem Freund. „Wie du weißt, bin ich in letzter Minute dazugekommen. Ich hatte nicht mal Zeit, mir die Unterlagen durchzulesen, die man mir zur Teilnahme ausgehändigt hat. Ich konzentriere mich nur darauf, motiviert bei der Sache zu sein, damit wir genügend guten Stoff haben, um die Zuschauer vor dem Fernseher bei Laune zu halten."

„Oh, bitte sag mir nicht, es wird gestellte Dramen und Streitigkeiten geben. So was ist mir zuwider." Das stimmte. Ob es in einer Fernsehsendung oder in einem Film oder in einem Buch war. Erzwungene Dramen konnte sie nicht ausstehen.

„Nicht wenn es auch so interessant genug ist." Carson schenkte ihnen ein breites Grinsen, das schrie: *Bitte tut etwas Interessantes.* „Nicht dass wir wollen, dass jemand live vor der Kamera ohnmächtig wird, so wie einmal bei dieser Tanzshow."

„Ich dachte, unsere Sendung ist nicht live." Dylan runzelte die Stirn.

Carson nickte. „Richtig, aber ursprünglich hatten wir das vor. Dann dachten wir, dass nur die erste Folge live sein sollte, was uns eine Woche verschafft hätte, um das Material für die nächste Folge zu schneiden. Aber am Ende haben wir uns entschieden, dass die Show zunächst noch mehr Marketing brauchte, sodass wir beschlossen haben, alles zu verschieben. Es dauert also noch eine Weile, bis die Möbel-Challenge ausgestrahlt wird."

„Wahrscheinlich war es nicht das Schlechteste,

dass Colin und Debbie auf den Hintern gefallen sind?“ Jo verkniff sich ein Grinsen.

„Oder dass Sandy fast geweint hat. Die Zuschauer lieben Menschlichkeit. Oh.“ Carson schnippte mit den Fingern. „Ich hab ganz vergessen, euch zu berichten, dass es auch noch Interviews geben wird. Ihr müsst euch also eine Geschichte einfallen lassen.“

„Eine Geschichte?“, fragten beide.

„Darüber, wie ihr euch entschieden habt, im Internet nach der großen Liebe zu suchen, wie ihr euch ineinander verliebt habt und so weiter.“

„Carson.“ Dylan seufzte. „Ich glaube nicht, dass es gut ankommt, dass wir uns am ersten Tag auf dem Schiff kennengelernt haben, weil meine beste Freundin sich übergeben hat.“

„Wie oft muss ich dir noch sagen, dass du dich nicht von dem Wort Reality hinters Licht führen darfst. Ihr könnt die Wahrheit ruhig ein bisschen abwandeln.“ Carson winkte ab. „Nach dem Online-Speed-Dating konntest du Jos Lächeln nicht vergessen, und sie konnte deins nicht vergessen. Solche Dinge. Betrachte die Wahrheit und bessere sie auf. Du bist Anwalt, das sollte in deiner Natur liegen.

Carson wusste nicht, wie recht er damit hatte. Als sie Dylan einmal gesehen hatte, war es schwer gewesen, ihn wieder zu vergessen. Und je mehr sie sich mit ihm unterhielt, desto neugieriger wurde sie auf ihn. Er war anders als die meisten Männer, mit denen sie befreundet war oder die sie gedatet hatte. Sie konnte es nicht richtig benennen, aber irgendetwas weckte in ihr den Wunsch, alles zu erfahren, was mit Dylan Barnes zu tun hatte. Als wollte sie ein Puzzle zusammensetzen, obwohl man nicht wusste, welches Bild am Ende dabei herauskommen sollte.

„Ich muss los.“ Carson erhob sich. „Um mich mit dem Team am Strand zu treffen. Lasst uns später zusammen was trinken."

Beide nickten, ehe er davoneilte.

„Meinst du, er weißt mehr, als er uns verrät?" Sie schaute Carson hinterher.

„Ja und nein."

Sie stieß ein scharfes Lachen aus. „Eine sehr aussagekräftige Antwort."

Das brachte ihn zum Schmunzeln. „Sorry. Ich bin mir sicher, dass es Dinge gibt, die er weiß, die er aber nicht verraten wird. Auf der anderen Seite glaube ich nicht, dass er mich absichtlich anlügen würde."

„Nur die Wahrheit ein wenig abwandeln?" Sie legte den Kopf schief und sah ihn an.

Dylan bewegte seine Hand in einer abwägenden Geste nach links und rechts. „Das wird die Zeit zeigen."

„Apropos Zeit." Sie stand auf. „Ich möchte noch zu den anderen, bevor wir zum Strand müssen. Ich werde Mina und Brenda aufwecken, falls sie noch schlafen."

„So viel haben sie doch nicht getrunken."

„Vielleicht nicht in deinen Augen, aber in New Orleans haben sie mal nach nur einem Hurricane auf dem Tisch getanzt. Doch damals war Ginnie auch nicht dabei, um auf sie aufzupassen. Wie dem auch sei, ich will sie fragen, wo wir uns treffen, wenn ich fertig bin."

„Klingt nach einem guten Plan. Ich rufe vielleicht in der Kanzlei an und erkundige mich, wie Cassie zurechtkommt. Dad steht vor lauter Stress mit Sicherheit kurz vor einem Herzinfarkt."

„Ist er krank?"

Dylan schüttelte den Kopf. „Nein, aber wenn er es nicht ein bisschen langsamer angehen lässt, wird er krank werden. Wir alle, auch Mom, versuchen ständig, ihn im Zaum zu halten, was seine Arbeit betrifft."

„Okay. Dann sehen wir uns später.

„Bis gleich."

Genauso wie am Vorabend beugte sie sich vor und küsste ihn auf die Wange. Menschen zu berühren, empfand sie als so normal wie Milch in ihr Müsli zu schütten, aber nachdem sie erkannt hatte, was sie getan hatte, hatte sie die Geste nicht als alltäglich, sondern als natürlich empfunden. Und während sie nun davonging, fühlte sich der Kuss nicht mehr natürlich, sondern richtig an. Wer hätte das gedacht?

Ihr Kuss auf seine Wange hatte ihn diesmal wenigstens nicht so unerwartet getroffen. Was ihn allerdings überrascht hatte, war die plötzliche Hoffnung, dass sie sich beim nächsten Mal ein wenig näher zum Mund heranwagen würde.

Er verdrängte den Gedanken und rief sich in Erinnerung, dass alles nur ein Spiel war. Wenn die Show vorbei war, würden sie sich trennen und zurück zu ihren Freunden und Familien gehen. Nach Hause. Mein Gott, er wusste nicht einmal, wo sie zu Hause war. War das nicht etwas, das Paare voneinander wissen sollten? *Wo wurdest du geboren, wo wohnst du, was ist deine Lieblingsfarbe?* Letzteres strich er in Gedanken wieder. Er hatte schon in vielen Shows gesehen, dass die meisten Paare nicht wussten, was die Lieblingsfarbe, die Lieblingsblume oder das Lieblingsessen des Partners oder der Partnerin waren. Dennoch wäre es sicherlich schlau, ihr eine Reihe von Fragen zu stellen, wenn sie sich beim nächsten Mal sahen. Er würde die Sache angehen wie jeden seiner Fälle. Kein Anwalt stellte vor Gericht Fragen, deren Antwort er nicht längst kannte.

Er holte sein Telefon hervor und wählte die Nummer seiner Schwester. Innerhalb von Sekunden erklang ihre Stimme durch den Lautsprecher. „Du hast dir einen grandiosen Zeitpunkt für einen Männerurlaub ausgesucht.“

Oh-oh. „So gut läuft es also, ja?“

„An manchen Tagen würde ich gerne eine Kanzlei gründen, in der nur Frauen arbeiten und die nur Frauen als Klientinnen akzeptiert. Klientinnen haben kein Problem damit, mit euch Männern zu reden, aber wir sind für Männer unsichtbar.“

„Was hat er getan?“

„Du meinst, diesen chauvinistischen, selbstherrlichen …“

„Pass auf. Dad könnte zuhören.“

„Er isst gerade zu Mittag mit diesem selbstherrlichen … potenziellen Klienten.“

„Ich bin nur noch acht Tage weg. Kann Dad die Verhandlungen nicht aufschieben?“

Das Schweigen am anderen Ende der Leitung war Antwort genug. Seine Schwester dachte nicht einmal über seinen Vorschlag nach.

„Nein. Meinst du nicht, das hätten wir nicht schon längst versucht? Bevor du dich in den Urlaub verdrückt hast?“

„Verstanden.“ Er dachte wieder an seine Unterhaltung mit Jo gestern Abend und kam zu dem Schluss, dass er netter zu seiner Schwester sein musste. Nach ihrem Dad war sie die zweitbeste Anwältin der Kanzlei. Es war an der Zeit, dass er damit aufhörte, sie wie die kleine Schwester zu behandeln und mehr wie die grandiose Anwältin, die sie war. „Was schlägst du vor?“ In dem darauffolgenden kurzen Moment der Stille hoffte er, dass seine Schwester ernsthaft über die Frage nachdachte und nicht eine weitere spitze Bemerkung machen würde.

„Ich werde mir was einfallen lassen. Behalte dein Handy in der Nähe.“

„Ich werde mich bemühen. Was auch immer du brauchst, ich bin da." Er hoffte, dass sie das wusste. Erst jetzt fiel ihm ein, dass er dies noch nie zu seiner Schwester gesagt hatte.

„Ich weiß." Ihre Stimme klang weich, was ihm verriet, dass sie die Wahrheit sagte. Er hatte sie also hoffentlich nicht zu schwer enttäuscht. „Ich muss los. Ich glaube, sie sind wieder zurück. Genieß deinen Urlaub. Ich hab die Sache im Griff."

Ihm fiel ein, dass es wahrscheinlich das Beste wäre, wenn Jo und er zusammen am Strand auftauchten, also schrieb er ihr schnell eine Nachricht mit dem Vorschlag, sich vorher zu treffen.

Der Strand war nur einen kurzen Fußweg vom Schiff entfernt. Als sie den Weg zur Hälfte zurückgelegt hatten, griff er nach ihrer Hand. „Für die Kameras", sagte er, obwohl er bezweifelte, dass er sie daran erinnern musste. Schließlich war der verstärkte Körperkontakt ihre Idee gewesen.

Zu seiner Überraschung hing ein riesiges Banner mit dem Namen der Show am Eingang zum Strand.

„Sehr subtil", murmelte Jo.

„Seht euch nur all das an." Sandy trat neben sie. Es war wahrscheinlich das erste Mal, dass er sie sprechen hörte, abgesehen von der Tanz-Challenge, bei der sie leise mitgeraten hatte. Ihm fiel auch auf, dass sie ein wenig näher neben Jay stand als sonst. Er wusste allerdings nicht, ob das etwas zu bedeuten hatte.

In unterschiedlichen Bereichen befanden sich Hunderte Sandburgen in verschiedenen Größen.

„Es gibt fünfzig in jedem Bereich", erklärte einer der Security-Männer.

„Was sollen wir denn mit fünfzig Sandburgen machen?" Colin und seine Partnerin standen nun neben Dylan. Er fürchtete sich vor der Antwort auf diese Frage.

„Willkommen, meine Damen und Herren", dröhnte die Stimme des Moderators durch das Megaphon und erklärte, worum es bei dem Spiel ging. „In einer der fünfzig Sandburgen befindet sich ein Hinweis, wo euer Lunch-Date stattfinden wird. Aber es gibt einen Haken."

Irgendetwas sagte Dylan, dass ihm dieser Haken nicht gefallen würde, und es gefiel ihm definitiv nicht, im Sand buddeln zu müssen.

„Wenn ihr den Zettel gefunden habt, müsst ihr die zerstörte Burg wieder aufbauen."

Debbie blieb der Mund offen stehen, und zum ersten Mal seit drei Tagen war sich Dylan ziemlich sicher, dass Colins selbstzufriedenes Lächeln endlich verschwinden würde.

„Natürlich erwartet niemand, dass es am Ende genauso aussieht wie die alte, aber ihr habt alles, was ihr braucht, um eine Sandburg zu bauen, die ähnlich in Größe und Aussehen ist. Wenn die Jury euer Werk abgesegnet hat, könnt ihr zu eurem Date aufbrechen." Der Moderator schaute sich im Publikum um, wobei sich ein verschlagenes Grinsen auf seinem Gesicht abzeichnete. „Ach ja, ich habe vergessen, eine Sache zu erwähnen. Auf dem Zettel steht nicht der exakte Ort, an dem das Date stattfinden wird, sondern es ist ein Rätsel. Das erste Paar, das die Location ausmachen kann, bekommt die meisten Punkte."

Das hatte Dylan gerade noch gefehlt. Er hasste Rätsel. Seine Miene oder sein schweres Seufzen weckten Jos Aufmerksamkeit, denn sie ließ seine Hand los und klopfte ihm auf den Rücken. War diese beruhigende Geste nur Zufall und ein weiteres Anzeichen dafür, dass sie ein gutes Herz hatte? Oder konnte sie seine Gefühlsregungen nach dieser kurzen Zeit schon derart gut einschätzen?

KAPITEL 11

„Ich gebe auf." Jo stand mit in die Hüften gestemmten Händen da, während Dylan auf seinem Telefon herumtippte. Manchmal trieben Männer sie in den Wahnsinn. Was konnte in diesem Moment wichtiger sein, als diesen albernen Hinweis zu finden? „In dieser Challenge geht es um Zeit, und die anderen haben sich bereits der ersten Sandburg gewidmet."

„Ich weiß." Dylan deutete auf die Sandburg vor ihm und machte mit seinem Handy ein Bild davon. „So wissen wir, was wir wiederaufbauen müssen, wenn sich der Zettel in dieser verbirgt."

Jo grinste breit und musste dem Drang widerstehen, sich vorzubeugen und ihn zu küssen. „Ich wusste, dass es einen Grund dafür gibt, dass ich dich mag."

„Du magst mich?" Ein neckisches Grinsen huschte über seine Lippen, bevor er seine Aufmerksamkeit wieder auf die Sandburg lenkte. „Da wir nicht wissen, wie groß der Zettel ist – ich meine, er könnte so winzig sein wie der in einem Glückskeks –, sollten wir wie Archäologen vorgehen, statt die Burg nur zum Einstürzen zu bringen."

„Gute Idee. Und je weniger wir zerstören, desto weniger müssen wir aufbauen."

„Genau." Er grinste sie wieder an. „Ich wusste, dass es einen Grund dafür gibt, dass ich dich mag."

Statt das zu wiederholen, was er gesagt hatte,

verdrehte sie die Augen und befeuchtete ihre Hände in einem Eimer Wasser. Dann nahm sie ein wenig von dem Sand in die Hand, formte ihn zu einer Kugel und warf sie auf ihn.

„Hey!" Er fiel rücklings auf den Hintern, und sie glaubte zu sehen, wie sich seine Nasenflügel dehnten wie bei einem Bullen, der bereit zum Angriff war.

Upps. „Denk dran, wir müssen einen Zettel finden." Zur Vorsicht setzte sie noch ein breites Grinsen auf und wich ein paar Zentimeter zurück.

„Dein Glück."

Wieder musste sie dem Drang widerstehen, sich vorzubeugen und ihn zu küssen. Aber wie sie selbst soeben gesagt hatte, mussten sie einen Zettel finden. Sie hatten fünf Sandburgen durchwühlt, als Colin jubelnd aufsprang. Dylan hatte recht gehabt, was die Größe des Hinweises betraf. Er war in der Tat klein. Nicht so klein wie der Zettel in einem Glückskeks, aber auch nicht so groß wie ein Post-it. Hätten sie einfach wild gegraben, hätten sie ihn vielleicht übersehen.

„Konzentrier dich weiter", murmelte Dylan so leise, dass sie ihn beinahe nicht hören konnte.

Es dauerte einen Moment, bis sie erkannte, dass er das Paar anstarrte, das stirnrunzelnd den Zettel betrachtete, den sie soeben gefunden hatten. Dies war nur einer von drei Schritten. Dylan hatte recht. Wenn sie gewinnen wollten, musste sie sich weiterhin konzentrieren. „Sorry", flüsterte sie zurück.

Er wischte sich mit dem Arm den Schweiß von seiner Stirn, schenkte ihr ein Lächeln und machte sich wieder an die Arbeit. Colin und Debbie hatten aufgehört, den Zettel anzustarren und stattdessen damit begonnen, die Sandburg wieder aufzubauen. Ihren immer noch verengten Augen nach zu urteilen, hatten sie keine Ahnung, was der Hinweis überhaupt bedeuten sollte.

Als sie zwei weitere Burgen durchsucht hatten, waren Colin und Debbie immer noch mit dem Bauen beschäftigt. Einer von beiden schien nicht die richtige Mischung aus Sand und Wasser gefunden zu haben, um die Burg stabil zu machen. Debbie hatte ein angestrengtes Lächeln aufgesetzt und sprach durch zusammengebissene Zähne, was Jo vermuten ließ, dass sie nichts Nettes sagte. Nun warf sie einen Blick zu Jay und Sandy hinüber. Zumindest redeten sie diesmal miteinander. Sie waren zu weit von ihr entfernt, als dass Jo die Worte hätte verstehen können, aber Jay war derjenige, der mehr sprach.

Je länger sie die beiden beobachtete, desto mehr bekam sie den Eindruck, dass er sie anfeuerte. Die beiden sahen süß zusammen aus. Hier draußen in der Sonne wirkten die beiden so jung.

„Schau." Dylan deutete nach vorn.

Sie war so sehr damit beschäftigt gewesen, die anderen zu beobachten, dass sie ihn fast übersehen hätte: den Zettel. „Wir haben ihn gefunden!" Der Drang, sich nach vorn zu beugen und ihn zu küssen, war zu stark, als dass sie ihm hätte widerstehen können. Sie lehnte sich nach links und reckte den Kopf, um an seine Wange heranzureichen. Dabei hatte sie nicht damit gerechnet, dass er sich ihr in diesem Moment zuwenden würde, um etwas zu sagen. Statt seiner Wange küsste sie daher stattdessen seinen Mund.

Alle Luft schien ihr aus der Lunge zu weichen wie aus einem Ballon. Es war nur ein kurzer Kuss gewesen, aber sie konnte sich nicht dazu bringen, sich vollständig von ihm zu lösen. „Ich, äh, wir … haben den Zettel gefunden."

Ohne sich vom Fleck zu rühren, nickte er. „Jepp."

Sie hatte nicht damit gerechnet, dass die einfache Berührung ihrer Lippen Hitze durch ihren gesamten Körper bis in die Zehenspitzen jagen würde. Oder vielleicht war das auch die tropische Sonne? Oder Dylan war mittlerweile mehr für sie als ihr Spielpartner?

Dylan hatte Jo eigentlich nur bitten wollen, den Hinweis zu lesen. Dabei hatte er nicht bemerkt, dass sie sich vorgebeugt hatte, um ihm einen Kuss auf die Wange zu geben. Als sich ihre Lippen auf seine gelegt hatten, war er kurz davor gewesen, sie zu sich heranzuziehen und ihr einen richtigen Kuss zu geben. Dieser kurze unbeabsichtigte Kuss hatte ihn mehr berührt als jeder beabsichtigte Kuss seit der Junior High.

„Dann sollte ich ihn wohl lesen?"

Er konnte nur nicken.

„Freiheit ist essenziell, aber die wahre Bedeutung der Glocke gilt für alle Ewigkeit." Sie legte ihre Stirn in Falten, und der erschrockene Blick wich aus ihren Augen. „Was soll das heißen?"

Da sie sich auf der Insel nicht auskannten, hatte das Produktionsteam ihnen eine Liste mit Restaurants, Cafés und Bars ausgehändigt. Und davon gab es mehr, als er sogar in einer großen Stadt erwartet hätte, ganz zu schweigen von einer kleinen Insel. „Steht auf der Liste irgendetwas, das mit Freiheit oder Ewigkeit zu tun hat?"

Sie schaute auf die Liste. „Es wäre wohl zu viel verlangt, ein Lokal namens Liberty Bell Bar and Grill zu finden."

Er unterdrückte ein Lachen. „Vermutlich."

„Nichts mit Freiheit oder Ewigkeit. Und nichts von der Freiheitsglocke."

Doch auch wenn das nicht der Fall war, musste die

Antwort irgendwo verborgen liegen. „Lass es uns mit Ewigkeit versuchen. Was sind englische Wörter, die mit diesem Begriff im Zusammenhang stehen? Infinity, forever, endless, heaven …"

„Warte mal kurz."

Er liebte die Art, wie ihre Augen aufblitzten, wenn sie sich für irgendeine Kleinigkeit begeisterte.

„Denk mal an die Bedeutung der Liberty Bell. Vielleicht müssen wir uns darauf konzentrieren statt auf Freiheit und Ewigkeit. Schau."

Sie hielt die Liste vor ihm in die Höhe und deutete auf einen Namen.

Es dauerte ein paar Sekunden, bis er die Verbindung gezogen hatte, aber dann nickte er.

Ihr Lächeln war so breit wie niemals zuvor.

Und dann redeten beide gleichzeitig. „Jedes Mal, wenn eine Glocke läutet, bekommt ein Engel seine Flügel." Er fragte sich, wie oft sie den alten Film *Ist das Leben nicht schön?* gesehen hatte, aber nun war nicht der richtige Zeitpunkt für solche Unterhaltungen. Er würde sie später nach ihrer Vorliebe für Hollywood-Klassiker fragen.

„Dann muss es also das Angel Wings Café sein." Als sie kurz auf und ab hüpfte, dachte er, sie würde ihn noch einmal küssen, aber stattdessen hielt sie einen Finger hoch. „Wo ist das Foto von der Sandburg. Wir müssen uns beeilen."

Zum Glück hatten sie den unteren Teil der Burg nicht zum Einstürzen gebracht, aber der Zettel hatte sich so tief im Sand verborgen, dass sie dennoch eine Menge Arbeit vor sich hatten.

„Wie viel Erfahrung hast du mit dem Bauen von Sandburgen?", fragte sie ihn. Sie hatte bereits einen leeren Eimer in der Hand.

Dylan zuckte mit den Schultern. „Nicht sonderlich viel. Und du?"

„Das klingt besser als bei mir."

Er hatte gehofft, dass sie sich ihrer Sache sicherer sein würde, aber es war besser als nichts.

„Ich schlage vor, ich hole das Wasser, und du übernimmst das Bauen?"

Widerwillig nickte er. „Ich weiß zwar nicht, ob ich besser sein werde als du, aber lass es uns zunächst mal so versuchen. Ich beginne mit dem trockenen Sand.

Sie nickte, als wäre sie sich vollkommen sicher, dass er wusste, was er tat. Er hoffte nur, sie würde recht behalten. Ein paar Minuten später kam sie mit einem Eimer voll Wasser in jeder Hand zurückgerannt. „Was ist der Plan?"

Im Moment wünschte er sich, er wäre kein vielbeschäftigter Anwalt, sondern hätte sich mehr Zeit genommen, um Tage am Strand zu verbringen, aber er gab sein Bestes. Bisher hatte er sich bemüht, die Türme so zu formen, wie sie zuvor ausgesehen hatten. „Ich glaube, ich brauche ein bisschen Wasser. Könntest du diesen Eimer mit Sand füllen?"

Ihr Blick ging in die Richtung, in die er mit dem Finger zeigte. Sie nickte eilig und gehorchte. Als sie kurz innehielt, um aufzuschauen, wusste er, wohin sie sah. Colin und Debbie eilten zur Straße. „Ist es schlimm von mir, zu hoffen, dass sie die falsche Location geraten haben? Denn es sieht so aus, als ob sie auf dem besten Weg seien, diese Challenge zu gewinnen."

Da er genauso empfand wie sie, konnte er nur den Kopf schütteln und ihre Aufmerksamkeit wieder auf die Sandburg zurücklenken. Er setzte sich in den Sand und nahm den ersten Turm in Augenschein. Besser als er erwartet hatte. „Und, was sagst du?"

Das Funkeln kehrte in ihre Augen und das Lächeln auf ihre Lippen zurück. „Perfekt. Vielleicht können wir Colin und Debbie noch besiegen."

Dylan nickte diskret und deutete mit dem Kinn zur Straße. „Ich glaube nicht, dass sie den Hinweis entschlüsselt haben."

Das andere Paar stand am Straßenrand, das gekünstelte Lächeln noch immer für die Kameras ins Gesicht gepflastert, während beide in unterschiedliche Richtungen zeigten. Sie wirkten nicht mehr so glücklich wie am ersten Tag und sahen aus, als wären sie sich nicht einig.

Als Dylan den letzten Turm gebaut hatte, winkte Jo die Spielrichter heran, die Fotos von allen Sandburgen machen mussten. Auch wenn ihre Burg nicht aussah wie das Original, war sie gut genug, um gewertet zu werden.

Jo verlagerte ihr Gewicht auf die Fersen, und im selben Moment nickte die Spielrichterin zustimmend.

Plötzlich begann Sandy zu hüpfen und jubelte zusammen mit Jay. Sie hatten den Zettel im obersten Turm gefunden. Ihre Burg war kaum beschädigt worden.

Die beiden hatten irgendetwas an sich, das Dylan zum Schmunzeln brachte. Im Gegensatz zu den anderen freute er sich beinahe für sie. Vielleicht war es der gleiche Instinkt, der einsetzte, wenn eine Dame in Not geriet oder eine Katze im Baum festsaß. Doch er hatte im Augenblick keine Zeit, um darüber nachzudenken. Sie mussten ins Café. Er raffte sich auf, ergriff Jos Hand, und sie liefen gemeinsam durch den heißen Sand, wobei sie ein paarmal stolperten und lachten wie Teenager. Er hätte sich keine perfektere Partnerin wünschen können, was ihre Persönlichkeit betraf.

Das Jubeln der Menge weckte seine Aufmerksamkeit. Jos Schwestern und Freundinnen hüpften und pfiffen und wedelten mit den Armen. Sie sahen glücklicher aus als er und Jo. „Waren sie schon die ganze Zeit hier?"

„Wer?" Jo folgte seinem Blick.

Er erkannte den Moment, in dem sie ihre Familie entdeckte. Das Lächeln auf ihren Lippen wurde strahlender, und ihre Schritte wurden beschwingter.

„Wahrscheinlich", flüsterte sie und winkte zurück.

Als sie an der Straße ankamen, waren Colin und Debbie schon verschwunden, aber er hatte im Gefühl, dass sie es dennoch schaffen konnten. Nach einer kurzen Taxifahrt – sie hatten es trotz der Sprachbarriere geschafft, dem Fahrer zu erklären, wo sie hinwollten – eilten sie ins Café.

Dort war bereits ein kleiner Tisch mit zwei Plätzen für sie eingedeckt worden. In der Mitte stand eine Karte mit der Aufschrift *Love on Deck*. Das Beste jedoch war, dass eine Gruppe von Leuten, bestehend aus Produktionsteam-Mitgliedern, Passagieren, die er schon zuvor im Publikum entdeckt hatte, und ein paar Schiffsoffizieren, hinter dem Tisch stand und „Überraschung!" rief. Ein Mann aus dem Produktionsteam erklärte: „Ihr seid die Ersten, die die Challenge erfolgreich beendet habt."

„Wir haben es geschafft!" Erfreut wirbelte Jo herum und legte die Arme um seinen Hals.

Er erwiderte die Umarmung und nickte. Doch dieses Mal beugte er sich hinunter. „Ja, das haben wir", flüsterte er, bevor er seine Lippen auf ihre legte. Nicht zufällig, nicht aus Versehen und ganz bestimmt nicht für die Kameras.

KAPITEL 12

Drei Tage und drei Nächte waren seit dem Kuss, bei dem ihr ganzer Körper geprickelt hatte, vergangen. Jo hatte ihrer Freude über den Sieg freien Lauf gelassen, als sie ihre Arme um seinen Hals geschlungen und gejubelt hatte.

Im Café hatten sie erfahren, dass Jay und Sandy, die kurze Zeit später auftauchten, den zweiten Platz in der Challenge belegt hatten. Offenbar waren Colin und Debbie in drei unterschiedlichen Restaurants gewesen, bevor sie das Rätsel gelöst hatten. Jo hatte mitangehört, wie sich das Team darüber unterhalten hatte, dass Debbies Reaktion aufgrund ihrer Ausdrucksweise nicht ausgestrahlt werden könnte. Es waren also nicht drei unterschiedliche Lokale gewesen, sondern alle Paare hatten den gleichen Hinweis bekommen. Nur Jay und Sandy hatten das Rätsel zeitnah gelöst und es rechtzeitig ins Café geschafft, um ein Festmahl aus lokalen Spezialitäten zu sich zu nehmen.

In den darauffolgenden Tagen hatte Jo erkannt, dass genau wie bei den Sandburgen und den Möbeln, die Challenges für alle gleich waren, wodurch auch jedes Paar die gleichen Erfolgschancen bekam. Aber auch das gleiche Risiko, zu scheitern.

Auch wenn mal die einen und mal die anderen gewannen oder die meisten Punkte bekamen, befanden sich mal Dylan und sie und mal Colin und Debbie auf dem ersten Platz. Nach der gescheiterten Sandburg-

Challenge schienen sich die beiden nicht mehr so oft zu berühren und zu küssen.

Heute hatten sie zum ersten Mal Zeit, den Morgen und Nachmittag über allein den Hafen zu besuchen. Etwas, worauf die Frauen sich besonders freuten. Natürlich folgte ihnen dabei auch diesmal wieder ein Kameramann in einem gewissen Abstand. Aber nicht nur Dylan und sie, sondern auch ihre Schwestern und Freundinnen hatten sich an den Schatten gewöhnt, der häufig gar nicht allzu diskret war. Manchmal vergaß Jo trotzdem, dass sie gefilmt wurde. Heute erkundeten sie, ihre Schwestern und Freundinnen, Dylan, Carson und die arme Colleen, die sich nur an Land gut fühlte, die Altstadt, sodass sie beinahe vergaß, dass sie keine normalen Touristinnen und Touristen waren, sondern dass sie an einer Fernsehshow teilnahm.

Sie konnte das Kribbeln nicht vergessen, das durch ihren Körper geschossen war, als er seine Lippen auf ihre gepresst hatte, ebenso wenig wie die Einsamkeit, die sie einzuhüllen schien, wenn die Menge, die ihnen zujubelte, sich lichtete und sie von Dylan trennte. Jetzt, drei Tage später, prickelten immer noch all ihre Nervenenden, wenn er sie nur leicht mit dem Arm streifte, ihre Hand drückte, sie anlächelte oder irgendeine andere Art von Kontakt zu ihr herstellte, und sie dachte wieder an ihr Date im Café zurück. Da die Kreuzfahrt sich dem Ende näherte, empfand sie das Gefühl von Einsamkeit als zunehmend bedrohlicher, und sie konnte nichts dagegen unternehmen.

„Bin ich die Einzige, deren Füße schmerzen?" Jo nahm auf einer Bank Platz und zog nacheinander beide Schuhe aus. Dann streckte sie die Beine vor sich aus und bewegte ihre Zehen. „Ich glaube, wir haben die Insel zweimal überquert."

Mina ließ sich neben sie auf die Bank plumpsen. „Nicht sogar dreimal?"

„Ich bin mir sicher, es gibt keine Ecke und keinen Winkel mehr auf dieser Insel, den wir noch nicht erkundet haben." Ginnie nahm neben Teresa auf der Nachbarbank Platz.

Teresa nickte und bedeutete Brenda, sich ebenfalls auf die Bank zu quetschen. „Und zwar haben wir jede Ecke und jeden Winkel mehr als einmal gesehen."

Mina drehte den Kopf nach links und nach rechts und runzelte die Stirn. „Wo sind Dylan und Carson?"

„Sie haben irgendwo Halt gemacht, um ein Souvenir für ihre Mütter zu kaufen, aber ich wollte mich einfach hinsetzen, und ich glaube nicht, dass es der Ladenbesitzerin gefallen hätte, wenn ich mich im Geschäft auf den Boden hätte plumpsen lassen."

„Für ihre Mütter?" Brenda lehnte sich vor. „Ist Carson noch Single?"

Jo nickte.

„Wohnt er bei seiner Mutter?"

„Das glaube ich nicht." Jo schüttelte den Kopf.

„Macht er noch ins Bett?"

Jo sah die Brautjungfer ihrer Schwester aus verengten Augen an. „Woher soll ich das wissen? Aber ich bezweifele es."

Brenda nickte einmal knapp und lehnte sich lächelnd zurück. „Wie ein Mann seine Mutter behandelt, lässt oft Rückschlüsse darüber zu, wie er eine Frau behandelt. Ich mag aufmerksame Männer, solange sie nicht noch bei ihrer Mutter wohnen." Auf einmal richtete sie sich auf. „Oder ist er schwul?"

Wenn man bedachte, dass Carson jede Chance genutzt hatte, um alle attraktiven Frauen, die allein reisten, anzumachen, schien das nicht der Fall zu sein. „Nope."

Brenda lehnte sich lächelnd zurück. „Dylan ist ja ohnehin schon vergeben."

„Ist er das?" Diesmal richtete sich Jo auf.

Kopfschüttelnd lachte ihre Cousine Teresa. „Damit meint sie, dass er mit dir zusammen ist.“

„Mit mir?“ Hatten die anderen vergessen, dass sie nur für die Kameras so taten?

„Ja, mit dir“, meldete sich Mina zu Wort. „Warte nur, bis du die Sendung im Fernsehen schauen kannst. Wenn ihr zwei nicht gewinnt, bin ich schockiert.“

„Ich glaube, ihr verwechselt Verliebtheit und Schauspielerei.“ Jo deutete mit dem Daumen auf Colleen, die dastand und ihr Gesicht der Sonne zugewandt hatte. „Sag's ihnen.“

„Ich?“ Colleen schüttelte den Kopf. „Was weiß ich schon? Alles, was ich sehe, ist die Decke meiner Kabine.“

Jo tat die arme Frau unendlich leid. Keine Medizin, Pflaster oder Armbänder gegen Seekrankheit hatten bisher geholfen. Sie hatten sie in einem Rollstuhl aus der Kabine und zum Dock schieben müssen, um ihren Magen so ruhig zu halten, dass sie sich nicht übergeben musste.

„Wir wissen genau, was hier passiert.“ Teresa schüttelte den Kopf und schnaubte. „Achte mal drauf, wenn du das nächste Mal in diese strahlenden Augen schaust.“

Sie runzelte ihre Stirn. Strahlend? Sie war so auf seine Lippen und den Wunsch, dass er sie noch einmal küssen würde, fokussiert gewesen, dass sie nichts Strahlendes an seinen Augen bemerkt hatte. Aber dass seine Augen stets funkelten, wenn er lächelte, war kaum zu übersehen. Und natürlich die karamellfarbenen Sprenkel in seiner schokoladenbraunen Iris.

„Seht ihr?“ Brenda deutete mit dem Arm in ihre Richtung. „Sie macht schon wieder dieses verträumte Gesicht. Wahrscheinlich träumt sie davon, mit ihm Tango zu tanzen. Wenn ihr wisst, was ich meine.“

„Das tue ich nicht.“ Sie spuckte die Worte barscher

aus, als sie beabsichtigt hatte.

„Apropos." Ihre Cousine Teresa wandte sich ihr zu. „Wie läuft es eigentlich mit den Tanzstunden? Sie lassen für die Proben keine Passagiere rein."

Zu schade, dass sie die Kameraleute reinließen. Sie stieß ein Seufzen aus. Bisher hatten sie nur mit den Profis getanzt, um die Choreografie zu lernen. Heute nach dem Abendessen sollten sie zum ersten Mal miteinander üben. Doch wenn sie daran dachte, wie oft sie gestolpert und ihrem Tanzlehrer auf die Füße getreten war, freute sie sich nicht darauf. „Läuft."

„Klingt nicht gerade super." Mina runzelte die Stirn. „Du bist eine ziemlich gute Tänzerin. Hat er etwa zwei linke Füße?"

Er war nicht das Problem. „Tango ist anders. Der Rhythmus ist anders." Sie hätte sogar lieber Jitterbug getanzt.

„Ihr zwei bekommt das schon hin." Ginnie lächelte sie an, auf die gleiche Art wie damals, wenn sie Jo stundenlang bei den Geometrie-Aufgaben geholfen hatte. Und natürlich hatte ihre Schwester recht behalten. Am Ende der Highschool war sie richtig gut in Geometrie gewesen.

„Hey, ich will nicht den Kurs für Servietten-Falttechnik an Bord verpassen." Mina sprang auf, als wäre sie heute noch keinen Schritt gegangen. „Wer kommt mit mir zurück?"

Alle außer ihr erhoben sich, als Dylan und Carson wiederkamen.

„Wollt ihr zurück zum Schiff, oder habt ihr Lust auf mehr Sightseeing?", fragte Carson.

„Schiff", erklangen fünf Stimmen.

„Gut." Carson seufzte. „Ich begleite die Damen. Wir müssen uns auf die Challenge vorbereiten, die heute Nachmittag stattfinden wird." Er drehte sich zu Dylan um. „Denk dran, um Punkt vier Uhr."

Dylan nickte und schaute dann Jo an. „Bereit?"

„Ich dachte, ich ruhe mich noch ein paar Minuten aus." Sie hob die Füße und bewegte ihre Zehen erneut. „Wenn du mit Carson zurückgehen willst, komme ich nach."

Statt ihr zu antworten, ging Dylan in die Hocke und griff nach ihrem Fuß. Verdammt, besonders wenn er vor ihr kniete, sah dieser Typ wirklich aus wie Prince Charming. Wo waren all die guten Feen hin, wenn man eine von ihnen brauchte?

Selbst Jos Füße waren schön. Ihre Nägel hatte sie rosa lackiert, und die großen Zehen zierte je ein winziges Gänseblümchen. Ein klassisches Design mit einem kleinen Twist. Er drückte vorsichtig mit dem Daumen auf den Rand ihrer Ferse und sah zu, wie sie die Augen schloss.

„Du hättest kein Anwalt, sondern Masseur werden sollen."

„Das hätte Dad bestimmt gefallen." Er verstärkte den Druck.

„Ooh." Sie versteifte sich für einen Moment und entspannte sich dann wieder. „Oh, es ist schon viel besser."

„Das ist der Plan."

„Nein, doch kein Masseur. Du solltest ein Fuß-Spa eröffnen." Sie lächelte, als er ihren Fuß losließ und nach dem anderen griff. „Definitiv ein Spa."

„Wenn es mit Jura nicht mehr klappt, werde ich es mir überlegen." Vorsichtig rieb er ihren Fußballen und betrachtete ihr glückseliges Lächeln.

Sie legte den Kopf schief. „Wäre es wirklich so schlimm, deinem Dad zu sagen, dass du nicht mehr als

Anwalt arbeiten willst? Meine Mom hat eine Freundin, deren Sohn in Harvard studiert hat, was nicht billig ist, und ein paar Jahre später hat er seine Karriere aufgegeben, um Gitarre in einer Rockband zu spielen. Seine Mom redet trotzdem noch mit ihm."

„Warum?" Er lachte.

„Weil alle Eltern – alle guten Eltern – ihre Kinder glücklich und gesund sehen wollen."

„Du klingst, als hättest du Erfahrung in solchen Sachen. Gibt es etwas, das ich wissen sollte?" Er wackelte mit den Augenbrauen.

Sie verdrehte die Augen. „Nein. Ich habe eine verrückte Familie. Wir schreien und streiten viel, aber wir lieben einander. Ich weiß, dass es viele Menschen gibt, die nicht dieses Glück haben. In der Highschool hatte ich eine Freundin, die nie wollte, dass ich zur ihr komme, sondern stattdessen hat sie immer nur mich zu Hause besucht. Eines Abends fand Dad, dass es zu spät war, als dass sie noch allein nach Hause gehen sollte, also hat er sie gebracht. Als ihre Mutter die Tür geöffnet hat, hat er sie beinahe aus dem Haus gezerrt und sie und ihre Tochter bei uns aufgenommen, bis sie Hilfe bekommen haben. Er hat ihr sogar einen Job in Onkel Tonys Pizzeria verschafft."

„Was ist mit dem Vater passiert?"

Jo seufzte. „Ehrlich gesagt weiß ich das nicht, aber ich vermute, dass Dad Leute kannte, die Leute kannten, die was gegen schlagende Männer hatten."

„Sie, äh …"

„Sie haben ihn nicht umgebracht, nein. Ich habe ihn anschließend noch öfter im Ort gesehen. Er hat immer nur irgendetwas Boshaftes vor sich hin gemurmelt, als müsste er sich zurückhalten, um mich nicht anzuknurren."

„Es tut mir leid."

Sie zuckte mit den Schultern. „Das Leben ist nicht

für alle schön. Aber was ich damit sagen will, ist, dass guten Eltern ihre Kinder wichtig sind. Ich wette, deinem Vater ist dein Glück wichtiger als seine Kanzlei."

„Da bin ich mir nicht sicher."

„Du hältst mich für naiv?"

Sanft setzte er ihren Fuß auf dem Boden ab und zuckte mit den Schultern. „Du verstehst nicht, wie wichtig die Kanzlei und ihre Geschichte für meinen Dad ist. Er ist unendlich stolz darauf."

„Und auf dich?" Sie schlüpfte mit einem Fuß in ihre Sandale.

Das konnte er nicht abstreiten. Natürlich war sein Vater auf ihn als Junior-Partner stolz.

„Ich meine nicht auf dich als Anwalt. Ich meine auf den Jungen, der zu einem Mann geworden ist. Ich sehe all das Gute in dir, das Rücksichtsvolle, die Sanftheit, die …"

„Okay. Danke. Aber trotzdem …"

„Ich glaube nicht, dass du die Person, die du bist, hättest werden können, wenn du nicht einen liebenden Vater gehabt hättest. Ich wette, er hätte Verständnis."

Dylan wusste nicht, ob er in Jubel ausbrechen sollte, weil sie in ihm einen guten Menschen sah, oder ihr vielleicht sogar glauben sollte, dass er tatsächlich seine Karriere aufgeben könnte, ohne seinem Vater das Herz zu brechen.

Warum nur, glaubte er, wenn er mit Jo zusammen war, dass alles möglich war? Und warum war alles mit ihr wunderschön?

KAPITEL 13

Während des gesamten Rückwegs zum Schiff sagte keiner ein Wort. Aus irgendeinem Grund wusste sie, dass er über seinen nächsten Schritt nachdenken musste. Als sie die halbe Strecke zurückgelegt hatten, hatte er ihre Hand genommen. In dieser Geste hatte beinahe etwas Besitzergreifendes gelegen, und zu ihrer großen Überraschung hatte es ihr gefallen. Sehr sogar. Vielleicht sogar noch mehr als der Kuss.

Nachdem sie auf dem Schiff ihre Passagierkarten gezeigt und den Fahrstuhl verlassen hatten, kam Carson auf sie zu. „Hey, warum habt ihr so lange gebraucht? Habt ihr keine Uhr dabei?"

Dylan warf einen Blick auf seine Armbanduhr und verdrehte die Augen. „Ich hab vergessen, dass es auf der Insel eine Stunde früher ist als auf dem Schiff."

„Und unser Plan orientiert sich an der Schiffszeit", murmelte Jo, der erst jetzt bewusst wurde, wie langsam sie zurück zum Schiff geschlendert waren. Nun waren sie zu spät dran.

„Steht nicht einfach rum. Alle warten auf euch." Carson wandte sich ab und marschierte eilig los, vorbei an den ahnungslosen Passagieren, die die Glastür des Aufzugs für sie aufhielten.

Die Lounge war schon mit Zuschauern gefüllt, die bereits gespannt auf die Challenge warteten. Wie erwartet, saßen die Paare in unterschiedlichen

Bereichen, und in einem davon standen zwei leere Stühle für sie bereit.

Eilig gingen sie darauf zu und winkten ihren Schwestern im Publikum zu.

„Willkommen zu einer weiteren Folge bei *Love on Deck*", verkündete Dirk Simpson mit dem gekünstelten Grinsen, an das sie sich längst gewöhnt hatten. „Ich würde den Tag gerne mit einer guten Nachricht beginnen."

Die Spannung im Raum stieg.

„Unser Team im Schnitt kommt schneller voran als gedacht. Deshalb hat sich der Sender entschieden, die erste Folge schon eine Woche früher als geplant auszustrahlen."

In dem großen Raum waren überraschte und erfreute Laute zu hören.

„Die erste Folge von *Love on Deck* wird bald für alle Romantiker unter Ihnen unter freiem Himmel an Deck gezeigt, und für all diejenigen, die einen klimatisierten Raum bevorzugen, im Kinosaal."

Einige im Publikum lachten. Jo dachte einige Momente über die Ankündigung nach, die der Moderator soeben gemacht hatte, ehe ihr ihre Bedeutung richtig bewusst wurde. Eine Woche früher als geplant. Das bedeutete, niemand würde zu Hause sein, um ihre Mutter davon abzuhalten, sich die erste Folge anzusehen, oder ihr die Sache vor der Ausstrahlung zumindest zu erklären.

Panik stieg in ihr auf, als sie sich suchend nach ihren Schwestern umsah. Sowohl Mina und Ginnie als auch die anderen aus der Gruppe waren überaus blass geworden.

Alle verstanden, was diese Neuigkeit bedeutete.

Im Hintergrund erklärte Dirk kurz die Challenge, bevor alle zum Abendessen gehen würden. Sie nahm seine Worte jedoch nur entfernt wahr, denn sie dachte über Ideen nach, wie sie ihre Mutter aus der Ferne davon abhalten könnte, sich die Show anzusehen. Eilig rechnete sie nach, was eine Woche früher überhaupt bedeutete, und erkannte schockiert, dass die erste Folge schon morgen Abend im Fernsehen laufen würde.

Sie konnte es kaum erwarten, bis der Tontechniker damit fertig war, das Mikrofon an ihrer Kleidung zu befestigen. Dann blieben ihr nur ein paar Minuten, während die anderen vorbereitet wurden, um zu ihren Schwestern zu gelangen. Hoffentlich hatte sich eine von ihnen bereits einen Plan überlegt. Falls nicht, würden sechs Köpfe aber immerhin schneller denken können als nur einer.

Während sie reglos dastand und darauf wartete, dass der Tontechniker endlich fertig wurde, griff Dylan nach ihrer Hand und drückte sie fest. Die simple Geste drückte alles aus, was er aufgrund der Mikrofone nicht mehr laut aussprechen konnte. Sie hatten ein Problem. Von den Einzelheiten, die er ihr über seine Arbeitssituation erzählt hatte, wusste sie, dass es auch ihm nicht recht war, dass die Show früher ausgestrahlt werden würde. Er machte sich sogar Sorgen, dass seine Teilnahme den Erfolg der Kanzlei schmälern könnte. Dylan hatte gehofft, er würde nach Hause zurückkehren und die Verhandlungen mit dem potenziellen neuen Klienten beenden können, bevor die Show gesendet werden würde. Nun wurde ihm diese Chance genommen, und er wusste ganz genau, dass seine Mutter vollkommen schockiert sein würde.

Er drückte noch einmal ihre Hand und schenkte ihr ein wenig überzeugendes Lächeln, das ihr verriet, was sie ohnehin schon wusste. Was auch immer passieren würde, er wäre für sie da. Und das beruhigte sie mehr als es ein Tequila und ein verfrühter Heimflug vermocht hätten.

Als sie dorthin schaute, wo ihre Schwestern saßen,

sah sie, dass Mina sich das Handy ans Ohr hielt und wilder mit den Armen herumfuchtelte als ein Dirigent mit seinem Stab. Da Ginnie ohnehin hier war, gab es nur eine Person, die ihre Schwester anrufen könnte, und das war Kent.

Als der Tontechniker zu Dylan überging, beobachtete sie, wie ihre Schwester die Schultern sinken ließ und ein leichtes Lächeln ihre besorgte Miene vertrieb. Eine kleine Bewegung ihrer Schulter und ein kurzes Nicken verrieten, dass sie tatsächlich mit ihrem Verlobten sprach. Selbst in verrückten Momenten wie diesem sah ihre Schwester glücklich aus.

Jo freute sich darüber, dass Mina und Kent einander so sehr liebten. Die Art, wie sie strahlten, wenn der andere den Raum betrat. Das Lächeln und die leisen Worte, die nur für den anderen bestimmt waren. Jo hatte keinerlei Zweifel, dass die beiden genauso wie ihre Eltern für immer glücklich miteinander sein würden. Sie selbst dagegen wollte noch mehr erleben und mehr über sich selbst herausfinden, bevor sie sich niederließ.

Als hätte er ihre Gedanken gelesen, schenkte Dylan ihr ein sanftes Lächeln, und wieder einmal drückte er ihre Hand. Auf einmal wollte sie doch nichts mehr erleben, bevor sie sich niederließ, und konnte sich nicht mehr vorstellen, andere Orte ohne Dylan zu erkunden. Was sie wollte, war mit diesem Mann bis an ihr Lebensende zusammen zu sein. Was eine Frage mit sich brachte: Wie sollte sie das anstellen?

Da es schon so spät am Abend war, rechneten alle damit, dass die heutige Challenge kurz werden würde. In der Sekunde, in der Dylan und Jo lange Strohhalme gereicht wurden, wusste er, dass er lieber Möbel zusammengebaut hätte.

„Alles klar", begann Dirk, „die heutige Challenge ist simpel. Wie ihr seht, legen unsere Leute drei Reihen aus Papptellern auf Cocktailtischen aus. Auf dem ersten Teller befindet sich ein Bonbon."

Der Moderator musste nicht weitersprechen, denn Dylan wusste auch so, worauf es hinauslaufen würde. Ganz egal, was ihre Aufgabe sein würde, sie würden sich im Fernsehen lächerlich machen, und die Zuschauer würden es lieben. Er hatte längst eines erkannt: Je alberner die Aufgabe oder je dramatischer die Beziehungsprobleme, desto besser waren die Zuschauerzahlen. Das Produktionsteam hatte sich etwas einfallen lassen, um die Show spannend zu machen, und die Menge feierte diese Entscheidung.

„Ziel ist es", fuhr Dirk fort, „das Bonbon mit dem Strohhalm anzusaugen und es zum nächsten Teller zu befördern. Die Hände müsst ihr hinter den Rücken nehmen, und ihr könnt euch abwechseln. Das Paar, das am Ende als Erstes beim letzten Teller ankommt, hat gewonnen."

Es würde nicht elegant werden. Alle eilten zum ersten Teller und begannen mit der Aufgabe, wobei lautes Gelächter und laute Rufe zu hören waren und die Teilnehmer immer wieder zusammenstießen. Das Publikum jubelte und feuerte die Paare an.

Am Ende gewannen Jay und Sandy, was Jo und Dylan auf den zweiten Platz brachte. Es hatte eine Weile gedauert, aber mittlerweile sahen sie einander in die Augen und standen so eng beieinander, dass sie sich gegenseitig berühren konnten. Jo hatte von Anfang an Potenzial in ihnen gesehen, und mittlerweile glaubte er ihr. Sie waren ein süßes Paar. Jung und ein wenig verängstigt, aber süß.

Debbie sah alles andere als erfreut über ihre Niederlage aus, und obwohl Colin mit Engelszungen auf sie einzureden schien, konnte nichts ihre Stimmung verbessern. Sie kamen definitiv nicht mehr so gut miteinander aus wie am Anfang.

Dylan scherte sich nicht darum, wer gewonnen hatte, er wollte nur das Mikrofon loswerden und ungestört mit Jo reden. Nach ein paar weiteren Minuten konnten sie endlich gehen und steuerten auf Jos Schwestern zu.

„Irgendwelche Ideen?" Sie schaute ihre Schwestern an.

Sie sahen nicht gerade erfreut aus, aber Minas Worte klangen zumindest ein bisschen beruhigend. „Kent hat ein paar Ideen. Wir sollen ihn anrufen, wenn du fertig bist, um darüber zu sprechen."

Jo nickte, sah aber nicht überzeugt aus.

„Ich muss meine Schwester anrufen", verkündete Dylan. Sie hatten eine Menge Zeit, Geld und Arbeit in ihre Bemühungen investiert, den neuen Klienten zu umwerben. Wenn es ihnen nicht gelingen würde, die Costa Brewery für sich zu gewinnen, weil er an dieser lächerlichen Show teilnahm, müsste er sich nicht mehr den Kopf darüber zerbrechen, wie er seinem Vater erklären sollte, dass er ging. Er würde ihn ohnehin feuern.

Bevor er zur Seite treten und sein Handy herausholen konnte, klingelte es. Ein kurzer Blick auf das Display verriet ihm, wer anrief. Er gab Jo mit einem erhobenen Finger zu verstehen, dass er gleich zurück wäre, und entfernte sich von den Kameramännern und anderen neugierigen Blicken. „Hi Schwesterherz."

„Komm mir nicht so. Was zur Hölle hast du dir dabei gedacht?"

Sie konnte gewiss nicht gehört haben, dass er an der Show teilnahm? Oder hatte der Sender bereits begonnen, eine Vorschau als Werbung auszustrahlen?

„Hast du ernsthaft gedacht, einer Frau zu verbieten, mit ihrer besten Freundin über etwas zu reden, würde funktionieren?" Sie klang wie eine wütende Mutter, die ihren dreijährigen Sohn tadelte.

„Mom weiß es?" Im Grunde war es keine Frage.

„Dass *du* bei der Realityshow mitmachst? Natürlich. Hast du deinen verdammten Verstand verloren?"

Das hatte er sich selbst schon mehrere Mal gefragt, seitdem er sich auf die ganze Sache eingelassen hatte. „Wenn man es genau nimmt …"

„Ist dir klar, wie sich das auf unsere Chancen auswirkt, neue Klientinnen und Klienten für uns zu gewinnen, ganz zu schweigen von dem, auf den es Dad derzeit abgesehen hat und hinter dem er schon seit einem halben Jahrzehnt her ist?"

„Es sollte keine Rolle spielen."

„Hast du getrunken?"

„Natürlich nicht." Obwohl selbst ihm die Absurdität seiner Aussage bewusst war. Wenn er nicht gewusst hätte, dass es eine Rolle spielte, hätte er sich nicht derart beeilt, seine Schwester anzurufen. Die, wie immer, schneller gewesen war als er.

„Dann bist du wirklich verrückt. Wir geben unser Bestes beim CEO von Costa, aber er fragt jeden Tag nach dir. Ich habe keine Ahnung, was du getan hast, um ihn dazu zu bringen, uns in Erwägung zu ziehen, aber er wird mit Dad nicht warm."

„Ich habe ihm Moms Gulasch-Rezept gegeben."

„Von *unserer* Mom?"

„Ja."

„Sie kocht doch gar nicht."

„Das weiß ich, und das weißt du, aber Mr Constantine weiß es nicht."

„Jetzt weiß ich ohne jegliche Zweifel, dass du nicht nur ein bisschen verrückt bist, sondern du bist vollkommen durchgeknallt."

„Es ist doch ganz simpel. Weißt du noch, dass ich dir erzählt habe, dass ich ihn auf einer Dinnerparty bei den van Horns kennengelernt habe? Nun, es war klar, dass er nicht nur Bier liebt, sondern auch gutes Essen, und dann habe ich herausgefunden, dass er sogar mal Koch war. Wie sich herausgestellt hat, sind traditionelle Rezepte aus Osteuropa seine Favoriten. Nachdem er Kritik am Gulasch der Gastgeberin geäußert hat, habe ich ihm erzählt, Mom hätte immer behauptet, das Geheimnis liege in der Soße. Das bisschen Extrasahne macht den Unterschied. Und ich habe ihm angeboten, ihm Moms altes Familienrezept zu schicken."

„Fandest du das nicht ein bisschen riskant, wenn man bedenkt, dass Mom es hinbekommt, Wasser anbrennen zu lassen? Und was weißt du schon über Gulasch?"

„*Geheimnis der Mutter.*"

„Da habe ich meine Antwort. Du hast getrunken. Und zwar viel."

Er seufzte. „Es ist ein alter Schwarz-Weiß-Film mit Irene Dunn, und sie erwähnt darin das Rezept. Wie dem auch sei, ich wusste, dass Dad schon eine halbe Ewigkeit hinter dem Typen her war. Ich musste also irgendwas unternehmen, um uns seine Sympathie zu sichern. Er hat mir seine private E-Mail-Adresse gegeben, damit ich ihm das Rezept zusenden konnte. Und das habe ich getan."

„Welches denn? Mom kocht nicht, und ich bin mir sicher, im Film wurden nicht alle Zutaten genannt."

„Natürlich nicht. Immer wenn es ein Treffen gibt, zu dem alle etwas zu essen mitbringen sollen, macht Karen, die Rezeptionistin aus dem Büro, diese köstlichen Eintöpfe. Wenn man sie danach fragt, sagt sie immer nur ‚Meine Mutter hat es gekocht', daher hab ich sie gefragt, ob ihre Mutter ein Gulaschrezept hat. Und siehe da, das hatte sie."

„Also hast du ihn erst mit einem Trick an Land gezogen und hast uns dann im Stich gelassen, um an einer Fernsehshow teilzunehmen. Ich weiß nicht, ob ich lachen soll oder durchs Telefon springen und dich strangulieren soll."

„Es ist nur eine Fernsehshow. Wir müssen es einfach clever formulieren."

„Du klingst, als wärst du nur irgendein einfacher Anwalt. Wir haben den Ruf, die Besten zu sein, nicht, auf Kreuzfahrtschiffen Party zu machen oder einem Freund zu helfen, indem man bei einer Realityshow einspringt. Fake oder echt. Ist es zu spät, deinen Namen ändern zu lassen?"

„Was?" Nun fragte er sich, ob es seine Schwester war, die zu viel Zeit in der Sonne verbracht hatte.

„Für die Sendung. Nicht für die Kanzlei. Aber jetzt, wo ich darüber nachdenke …"

„Wenn wir Glück haben, schauen die meisten unserer Klientinnen und Klienten solche Shows überhaupt nicht, und niemand wird die Verbindung zur Kanzlei herstellen. Ich sage dir, es ist nichts anderes als den Gerichtssaal zu betreten und einem Fall für die Geschworenen die richtige Darstellung zu geben. Das kannst du doch so gut."

„Ich? Er ist doch dein neuer bester Gourmet-Kumpel. Dieses Chaos musst du schon selbst wieder beseitigen, und wenn du das Schiff verlässt, kannst du mit dem Klienten verfahren, wie du willst."

„Nun, da gibt es einen Haken."

„Mir gefallen diese Worte nicht."

„Die erste Folge wird morgen ausgestrahlt, nicht erst wenn ich zu Hause bin."

Ein Laut, der klang wie ein tiefes Knurren, drang durch das Telefon, ehe er sie seufzen hörte. „Ich rede mit Karen und frage sie, welche anderen osteuropäischen Rezepte sie noch kennt. Vielleicht können wir ihn mit Essen noch ein paar weitere Tage bei Laune halten. Aber du musst endlich nach Hause kommen. Und zwar bald."

„Alles klar."

„Was mich an das erinnert, was Carsons Mutter berichtet hat. Carson behauptet, du und deine Fake-Partnerin wirkt ziemlich … verbunden. Hat er recht?"

„Definiere verbunden." Es gefiel ihm nicht, wie lange es dauerte, bis seine Schwester antwortete. Eine schweigende Schwester konnte nichts Gutes bedeuten. „Cassie?"

„Lieber Himmel. Ich kenne diese Taktik. Ausweichen und abstreiten. Carson hat tatsächlich recht. Du bist dabei, dich in sie zu verlieben."

Er machte den Mund auf, um seine Argumente vorzubringen, als er Jo entdeckte, die ihn wieder zur Gruppe heranwinkte. Sein Herz machte einen kleinen Hüpfer, und seine Lippen formten sich zu einem angespannten Lächeln. Dann konzentrierte er sich wieder auf das Telefon und starrte auf den Namen seiner Schwester. Carson hatte auf keinen Fall recht. Er war nicht dabei, sich in Jo zu verlieben. Er hatte sich längst Hals über Kopf verliebt. Mit einem schweren Seufzen winkte er zurück und betrachtete erneut das Display. Die eigentliche Frage war, was er mit dieser Erkenntnis anfangen sollte.

KAPITEL 14

Eine positive Sache an den Tango-Stunden waren die Schuhe. Jo liebte sie. Butterweiches Leder, eine gute Absatzhöhe für ihre Größe von eins dreiundsechzig, und Ledersohlen, auf denen man so leicht über die Tanzfläche gleiten konnte, als ginge man auf Wolken. Was ihr dagegen ganz und gar nicht gefiel, war die Kostümauswahl. Sie war keineswegs prüde, aber alle Kleider hatten Schlitze bis zur Hüfte, wodurch sie sich überaus unwohl fühlte. Besonders wenn die Choreografie verlangte, dass sie immer wieder ihr Bein nach oben strecken musste, was zu viel Haut freilegte.

„Bereit?" Jorge, ihr Tanzlehrer, schenkte ihr ein breites Grinsen.

Das Lächeln auf diesem markanten, wie gemeißelten Gesicht mit einem Grübchen auf jeder Wange, die durchdringenden dunklen Augen mit den langen schwarzen Wimpern, hätten sie eigentlich in die Knie zwingen sollen, und vor nicht allzu langer Zeit wäre das auch der Fall gewesen, aber nicht heute. Der einzige Mann, der sie mit einem Lächeln schwach machen konnte, war Dylan. Niemals wieder würde sie ihre Schwester damit aufziehen, sich Hals über Kopf in einen Mann verliebt zu haben, den sie erst seit ein paar Tagen kannte. Außerdem fand sie diese ganzen Liebe-auf-den-ersten-Blick-Filme mit einem Mal gar nicht mehr so unrealistisch. Wer hätte gedacht, dass so etwas wirklich passieren konnte?

„Jo?" Jorges Augen verengten sich.

„Sorry. Ja, ich bin bereit." Oder zumindest so bereit, wie sie jemals sein würde.

„Bravo." Natalie, Dylans Tanzlehrerin, grinste erst sie und anschließend Dylan an, bevor sie sich an Jorge wandte. „Wir tanzen euch die Choreografie noch einmal komplett vor, und dann werdet ihr sie zusammen tanzen, so wie ihr sie seit einer Woche einstudiert habt. Si?"

Beide nickten, aber Jorge und Natalie, ein verheiratetes Paar aus Argentinien, hatten weitaus mehr Vertrauen in Jos Talent als sie selbst.

Der Tanz begann langsam und gleichmäßig. Ab und zu musste man in einer Drehbewegung den Fuß in die Luft kicken, als wollte man die Avancen des Partners abwehren. Zumindest dieser Teil fiel ihr leicht. Als Nächstes wiegte Natalie ihre Hüften nach links und rechts, Sekunden, bevor ein Bein ausgestreckt in die Luft flog. Als würde Jo das jemals hinbekommen, ohne sich ein Gelenk auszukugeln. Außerdem war sie sich sicher, dass sie ihr Bein niemals so hoch würde heben können. Im nächsten Moment senkte die Tänzerin das Bein wieder, wedelte mit dem Fuß hinter ihrem Körper und umschlang mit dem Oberschenkel Jorges Hüfte. Aus irgendeinem Grund schmiegte sie sich dabei viel enger an Jorge heran, als Jo es in ihren Tanzstunden getan hatte. Erneut senkte Natalie das Bein, schwang es nach hinten und wieder um Jorges Hüfte herum.

Als Jo auffiel, dass Dylan ihr einen kurzen Blick zuwarf, stieg ihr Hitze in die Wangen.

Das Paar glitt in perfekten Bewegungen über die Tanzfläche wie geschmolzene Lava über die Erde. Als Jorge zwei große Schritte nach hinten trat, während sich Natalie steif wie ein Brett nach vorn lehnte und sich mitschleifen ließ, schnappte Jo nach Luft. Dies war die Bewegung, die sie immer noch verängstigte. Die Furcht davor, aufs Gesicht zu fallen und sich die Nase zu brechen, lähmte sie jedes Mal. Dennoch sah es bei Natalie so einfach aus. Und wunderschön.

Wieder schaute Jo zu Dylan hinüber, und so intensiv, wie er sich auf die Tanzenden konzentrieren, ließ die Frage in ihr aufkeimen, ob diese Stelle des Tanzes für ihn genau die gleiche Herausforderung darstellte wie für sie. Die Musik und die Schritte wurden langsamer. Natalie streckte ihr Bein nach hinten aus, sodass sie fast einen Spagat vollführte. Jo hatte sich kein einziges Mal so weit dem Boden genähert. Und das konnte sie auch gar nicht.

Jorge zog seine Partnerin wieder hoch und ein weiteres Mal über die Tanzfläche, während sie ihren Körper anspannte. Jo war sich zwar bewusst, dass sie und Jorge die gleiche Choreografie einstudiert hatten, aber es war ihr vorgekommen wie Arbeit. Diese beiden waren vollständig bekleidet, vollkommen still und ließen die Temperatur im Raum erheblich ansteigen.

Ein paar Drehungen und lodernde Blicke später erfolgte die letzte Bewegung, und Jorge ließ Natalie auf seinem Arm nach hinten sinken. Ihr Kopf war nur wenige Millimeter vom Boden entfernt, und dennoch hatte sie nicht mit der Wimper gezuckt, sondern blickte ihrem Partner fest in die Augen.

„Okay." Natalie lächelte und trat von Jorge weg. „Ihr seid dran."

Jo erhob sich und schickte ein Stoßgebet in den Himmel. Dylan, der an ihre Seite getreten war, schien ihre Zweifel zu spüren oder wollte sie beruhigen oder wollte selbst beruhigt werden. Denn seine Hand umfasste kurz ihre und drückte sie aufmunternd.

Das konnte sie in diesem Moment gut gebrauchen, denn sie wusste, dass sie sich blamieren würde. Und noch dazu im Fernsehen. Doch wenn sie die Sache schon vermasseln würde, dann konnte sie sich keinen besseren Partner als Dylan vorstellen.

Dylan wusste nicht, wie sie einen Tanz aufs Parkett legen sollten, der auch nur annähernd so aussah wie der, den sie gerade beobachtet hatten. Er wusste ebenso wenig, warum das Produktionsteam – sein bester Freund eingeschlossen – so scharf darauf war, die Teilnehmerinnen und Teilnehmer bloßzustellen. *Für die Zuschauerzahlen, du Dummkopf,* schrie eine Stimme in seinem Kopf.

„Wir fangen ganz langsam an. Begebt euch auf eure Positionen." Jorge beobachtete sie, während sie ein paar Zentimeter voneinander entfernt dastanden. „Gut. Natalie, la musica."

Die mittlerweile bekannte Melodie des Tangos setzte ein, und Dylan schloss seine Augen, während er auf seinen Einsatz wartete.

„Augen. Augen. Blickkontakt ist ein ebenso wichtiger Teil dieses Tanzes wie die Schritte."

Dylan öffnete abrupt die Augen. „Tut mir leid."

Natalie ließ das Lied noch einmal von vorn beginnen und winkte ihnen zu. Dylan nahm Blickkontakt mit Jo auf und trat exakt im richtigen Moment einen Schritt zurück. Fast hätte er gejubelt, weil er es richtig gemacht hatte. Sie sich über die Tanzfläche. Bisher war sein Albtraum, über seine eigenen Füße zu stolpern und Jo über den Boden zu schleudern, nicht wahr geworden.

Als die Musik mitten im Lied stoppte, trat Jorge neben sie. „Sehr gut. Lasst es uns noch einmal versuchen. Diesmal mit ein bisschen mehr Körpernähe. Keiner von euch beiden hat Läuse." Er schob Dylan ein paar Zentimeter zu Jo heran und platzierte seine Hand ein wenig tiefer auf ihrem Rücken.

Tagelang war er händchenhaltend neben Jo gelaufen oder hatte sie mit der Hand an ihrem unteren Rücken über das Schiff geführt, und nichts war passiert. Warum prickelte jeder Nerv seines Körpers plötzlich so, als würde er brennen?

Wie schon zuvor vollführte er die Schrittfolge, die Natalie ihm beigebracht hatte. Diesmal vertat er sich einmal fast, doch statt aufzugeben machte er einfach weiter.

„Super, super. Muy bien", lobte Natalie ihn. „Ausgezeichnet."

Statt das Lied in der Mitte anzuhalten, ließen sie es bis zu dem Moment weiterlaufen, in dem Dylan zwei Schritte nach hinten setzen und Jo sich an ihn lehnen musste. Es hatte eine Weile gedauert, bis er sich im Training mit Natalie nicht mehr davor gefürchtet hatte, sie fallen zu lassen. Doch diesmal waren es nicht seine Sorgen, von denen er ergriffen war, sondern der Blick in Jos Augen. Er hatte mit Angst, Nervosität oder sogar Verärgerung über die gesamte Situation gerechnet, doch alles, was er sah oder glaubte zu sehen, war Vertrauen. Konnte es tatsächlich sein, dass sie darauf vertraute, dass er sich nicht fallen lassen würde?

„Sehr gut." Jorge lächelte. „Lasst uns weitermachen."

Weitermachen. Richtig. Dylan trat nach vorn und stellte sich wieder Jo gegenüber. Als die Musik einsetzte, machten sie den ersten Schritt vollkommen synchron. Er trat zurück, und sie trat vor. Sie vollführten die rotierenden Kicks, und Dylan gab sein Bestes, um nicht nach Luft zu schnappen, als Jo ihr Bein um seine Hüfte schlang. Als Natalie ihm die Choreografie beigebracht hatte, hatte er noch damit zu kämpfen gehabt, seine Hand schnell genug von ihrem

Knie zu ihrer Hüfte gleiten zu lassen, weswegen sie diese Bewegung gestrichen hatten. Wenn er sie nun mit Jo vollführen musste, würde er den Verstand verlieren.

Als sie die gesamte Choreografie endlich bis zum Ende durchgetanzt hatten, hatte Dylan eindeutig genug davon, mit einer Frau zu tanzen, die keine Ahnung hatte, wie er für sie empfand. Mehr hätte er nicht ertragen können. Als Jorge vorschlug, den Tanz noch ein letztes Mal zu wiederholen, hätte Dylan fast geächzt.

Natalie drückte auf Play, und die beiden begannen, sich zu bewegen. Seine Tanzlehrerin hatte ihm mehrmals erklärt, dass ein guter Tangotänzer nicht dachte, sondern sich lediglich bewegte. Wie in vielen Bereichen des Lebens war der richtige Einsatz der Tiefenmuskulatur der Schlüssel beim Tangotanzen. Vielleicht bildete er es sich nur ein, aber er hatte den Eindruck, dass sie sich gleichmäßiger bewegten, wenn er nicht so viel nachdachte. War das überhaupt möglich? In gewisser Hinsicht ergab es jedoch Sinn. Eine schöne Frau in den Armen eines Mannes – sie sollten in der Lage sein, sich zu ihrer ganz eigenen Musik zu bewegen. Ein Lächeln zupfte an seinen Lippen. Die Idee gefiel ihm.

„Ein bisschen langsamer, das ist kein Wettrennen." Während Jorge den Kopf schüttelte, gab er Natalie gleichzeitig ein Handzeichen, dass sie die Musik laufen lassen sollte. Er trat neben sie und bewegte seine Hände in kreisenden Bewegungen. „Langsam, ganz entspannt. Ihr liebt euch auf der Tanzfläche."

Dylan hätte fast seine Zunge verschluckt und wäre über seine Füße gestolpert.

„Kein Liebhaber ist derart in Eile", tadelte Jorge und ging langsam rückwärts an die Seite seiner Frau zurück, die an der Musikanlage stand. „Augen. Augen."

Nach diesen letzten Anweisungen bedurfte es einer Menge Mut, Jo wieder in die Augen zu schauen. Die Röte, die ihr in die Wangen gestiegen war, war nicht zu übersehen. Dylan atmete tief ein und befahl seinem hämmernden Herzen, sich zu beruhigen. Sie mussten die Sache durchziehen. Wenn doch nur nicht alles so verflucht kompliziert geworden wäre.

Jo musste sich arg zusammenreißen, um den Tanz zu beenden und Jorges romantische und teils unangebrachte Kommentare zu ignorieren. Mit einem Handtuch im Nacken und nackten ausgestreckten Füßen saß sie anschließend da und fragte sich, wie sie dies bis zum Finale immer und immer wieder tun sollte.

„Ihr seht toll zusammen aus." Carson kam auf sie zu. War der Mann immer so optimistisch. „Nur zur Info: Eure Interviews finden in fünfzehn Minuten statt."

„Fünfzehn?" Sie blickte auf ihre schmerzenden Füße hinab. Bis dahin könnte sie sich auf keinen Fall so hergerichtet haben, dass sie vor eine Kamera treten konnte. „Ich brauche mehr Zeit."

Carson schüttelte den Kopf. „Nope. Da die Tanz-proben nicht gefilmt werden, bekommen die Zuschauer so einen Einblick, wie hart ihr tatsächlich arbeitet. Ob ihr es glaubt oder nicht, Schweiß kommt gut an."

Sie wollte nicht einmal darüber nachdenken.

„Aber wir können doch gewiss auch nach dem Duschen erklären, wie hart wir arbeiten, oder?" Dylan rieb sich das schweißdurchtränkte Haar mit einem kleinen Handtuch ab, und Jo fragte sich, ob es ein Gesetz dagegen gab, verschwitzt so gut auszusehen. Dann fielen ihr Carsons Worte wieder ein, und sie musste lachen.

„Nein." Carson schüttelte den Kopf. „Ihr müsst so kommen, wie ihr seid. In fünfzehn Minuten. Und legt euch eine Geschichte zurecht."

„Bilde ich es mir nur ein", Jo hielt ihren Blick auf Carson gerichtet, als er sich entfernte, „oder wird er immer tyrannischer?"

Dylan lachte laut auf. „Das bildest du dir nicht ein. Wenn er so weitermacht, werde ich seine Mutter anrufen müssen."

„Oh." Sie wusste, dass sie breiter lächelte, als sie es hätte tun sollen. „Die Idee gefällt mir."

„Bist du bereit für das Interview?" Er setzte sich auf die Bank neben sie.

„Glaub schon. Das meiste haben wir besprochen. Ich hoffe nur, dass ich nicht so nervös werde, dass ich meinen eigenen Namen vergesse."

„Giuseppa Antonia Ummarino."

„Du kennst meinen zweiten Namen?"

Er zuckte mit den Schultern. „Ich glaube, Mina hat ihn mal erwähnt."

„Wann hast du dich mit Mina über meinen Namen unterhalten?"

„Die Unterhaltung handelte nicht von deinem Namen, er ist nur zufällig gefallen, als ich an einem Tag mal auf dich gewartet habe."

Hmm. Sie war sich nicht sicher, ob das gut oder schlecht war, aber in diesem Moment, wo ihre Füße schmerzten und ein gut aussehender Typ neben ihr saß, war sie sich auch nicht sicher, ob sie sich darum scherte.

„Sind alle bereit?" Dirk Simpson betrat zusammen mit einem Kameramann den Raum.

Einen Moment lang fragte sie sich, was sie alle sagen würden, wenn sie erwidern würde: *„Kann ich noch ein paar Minuten bekommen, um mir meine Lügen zurechtzulegen?"*

Dirk und der Kameramann wiesen sie an, auf der Bank sitzen zu bleiben und stellten direkt vor ihnen das Equipment auf. „Lass uns mit dir beginnen, Jo."

Ihr Rücken wurden mit einem Mal verkrampft, und Dylan ergriff ihre Hand. Als ihr Blick in seine Richtung wanderte, konnte er das stumme *Danke* in ihren Augen erkennen.

„Wie bist du darauf gekommen, an dieser Show teilzunehmen?"

Für den Bruchteil einer Sekunde sah er Überraschung in ihren Augen aufblitzen. Keiner von ihnen beiden hatte mit dieser Frage gerechnet, doch sie schien sich schnell eine Antwort einfallen zu lassen. „Wegen meiner Familie. Für meine Eltern standen wir immer an erster Stelle. Sie haben hart gearbeitet und niemals Urlaub gemacht. Unsere Auszeiten beschränkten sich auf Familienausflüge an Sonntagen. Ich dachte, es wäre nett, wenn wir uns mit dem Preisgeld alle auf eine Reise in unsere Heimat Italien begeben könnten. Ein richtiger Urlaub."

Dylan hatte nie daran gedacht, ihr diese Frage zu stellen, aber ihre Antwort überraschte ihn nicht. Und er konnte das Funkeln in Dirks Augen sehen, als er an die Einschaltquoten dachte.

„Dann ist dir Familie also wichtig?"

Ihr Lächeln wurde breiter. „Sehr wichtig."

Dirk nahm sich einen langen Moment Zeit, um sich die nächste Frage zu überlegen. „Willst du eines Tages eine eigene Familie haben?"

„Eines Tages. Ja." Ihr Blick huschte so kurz zu Dylan, dass er sich nicht sicher war, ob es jemand anderem überhaupt aufgefallen wäre. „Aber dafür brauche ich den perfekten Partner. Ich will einen aufmerksamen Mann, der die gleichen Werte hat wie ich, auch auf alte Filme steht, dem Familie wichtig ist, der auch bei Meinungsverschiedenheiten ruhig bleibt, der aber trotzdem bereit ist, sich im Leben auf Abenteuer einzulassen. Solche Momente will ich mit ihm teilen."

Partner. Erst jetzt, nachdem er so viele Aufgaben bekommen hatte, bei denen es darum ging, wirklich zusammenzuarbeiten, war ihm bewusst geworden, dass seine Eltern – obwohl sie glücklich verheiratet waren – stets alle Aufgaben aufgeteilt hatten. Dad hatte den Klempner angerufen, wenn der Wasserhahn tropfte, Mom hatte Termine beim Kinderarzt gemacht. Er selbst wollte mehr. Er wünschte sich eine Partnerin. Eine Frau, die an ihn glaubte. Die ihn dazu ermutigte, seine Träume wahrzumachen, selbst wenn andere Leute sie für verrückt hielten.

Er dachte daran zurück, wie sie gemeinsam das Rätsel mit den Engelsflügeln gelöst hatten. An ihre netten Worte in Bezug auf ihn und seinen Vater, als er ihr im Park die Füße massiert hatte. An all die vielen kleinen Gespräche. Und mit einem Mal schlug ihm das Herz bis zum Hals, denn er fragte sich, ob er ihren Wünschen gerecht werden konnte.

„Du hast ganz schön viele Anforderungen an einen Partner." Dirk legte den Kopf schief. „Ein bisschen unrealistisch, findest du nicht?"

Als sie diesmal in Dylans Richtung schaute, ließ sie ihren Blick auf ihm ruhen. „Das habe ich früher auch gedacht."

KAPITEL 15

Heute war ein überaus widersprüchlicher Tag. Jo und Dylan – ebenso wie ihre Freunde und Familie – waren unglaublich gespannt auf die erste Folge, doch gleichzeitig auch nervös, weil sie nicht wussten, wie sich die Ausstrahlung auf ihr Privatleben zu Hause auswirken würde.

Jo befürchtete, dass ihre Mutter sich jahrelang über sie lustig machen würde, weil sie bereit war, in einer Fernsehshow ihren perfekten Partner zu suchen, aber für Dylan könnten die Folgen ernster sein. Laut ihm lief die Kanzlei hervorragend, so wie sie war. Auch wenn der potenzielle neue Klient ihnen guttun würde, wäre es kein Weltuntergang, wenn sie ihn doch nicht für sich gewinnen könnten. Der Gedanke jedoch, ihn nur zu verlieren, weil Dylan einem Freund helfen wollte, und nicht etwa, weil er als Anwalt nicht gut war, frustrierte ihn.

Sie vermutete allerdings, dass es Dylan noch mehr wurmte, dass er seinen Dad enttäuschen würde. Und dafür hatte sie Verständnis. Ihr eigener Vater hatte sie und ihre Schwestern stets unterstützt und nie kritisiert. Als sie klein waren, hatte er sich genauso über eine gebastelte Pappfigur zum Geburtstag gefreut wie später über eine neue Hose, als die Mädchen älter waren und sich Geschenke leisten konnten. Und trotzdem wollte keine von ihnen ihren Vater enttäuschen.

Nun saßen sie alle da. Selbst Colleen hatte sich auf

eine Liege an Deck gequält, um die Show mit den anderen anzuschauen. Das Witzigste war, dass jedes Paar während der Kreuzfahrt Fans für sich hatte gewinnen können. Die offenbar sehr organisiert waren. Alle Passagiere, die um Dylan und Jo herum saßen, trugen hellblaue T-Shirts mit ihren Namen darauf. Colins und Debbies Fans trugen rote T-Shirts und Jays und Sandys neonpinke. Irgendwie passte die leuchtende Farbe zu dem jüngeren Paar, das einander mittlerweile an den Händen hielt und lächelte, wie Jo erfreut feststellte. Sie hatte den Eindruck, dass die beiden eine solide Beziehung zueinander aufgebaut hatten, ob sie nun gewinnen würden oder nicht. Was Colin und Debbie betraf, schien die anfängliche Leidenschaft füreinander abgeflaut zu sein. Das, was sie im Internet miteinander geteilt hatten, schien sich nicht ins wahre Leben übertragen zu lassen. Mittlerweile war sich Jo nicht einmal mehr sicher, ob sie einander leiden konnten.

„Schh." Mina wedelte mit der Hand in der Luft herum. „Die Show fängt an."

Schnell nahmen alle Zuschauerinnen und Zuschauer ihre Plätze ein und wurden still. Alles, was noch zu hören war, war das Geräusch der Wellen, die gegen den Schiffsrumpf schlugen, und Dirk Simpson, der die neue Sendung auf dem riesigen Bildschirm vorstellte.

„Weißt du", Ginnie lehnte sich zu ihr rüber, „er ist Moms Lieblingsmoderator."

Ja, das wusste Jo. Sie hoffte nur, Kents Plan, seine zukünftigen Schwiegereltern zu einem ruhigen Abendessen auszuführen, würde aufgehen und ihre Mutter würde nichts mitbekommen, ehe ihre Töchter wieder zu Hause waren und sie ihr alles erklären konnte. Das war natürlich leichter gesagt als getan, denn Jo war sich nicht sicher, wie ihre Erklärung aussehen sollte.

„Oh nein." Teresa lachte. „Wissen die überhaupt, wie man einen Schraubenzieher richtig hält?"

Jo hatte die Nahaufnahme verpasst, aber war zumindest froh, dass sich der Kommentar nicht auf sie und Dylan bezogen hatte. Eine weitere Dreiviertelstunde lachten sie, schnappten nach Luft und verzogen hin und wieder das Gesicht angesichts der Bilder, die die Kameraleute festgehalten hatten. Einmal hätte Jo beinahe sogar geweint, als Sandy in einem Moment gezeigt wurde, in dem sie fast in Tränen ausgebrochen war. Am Anfang hatte die Ärmste schreckliche Angst vor der Kamera gehabt.

„Nun. Das war doch in Ordnung." Mina wandte sich zu ihrer Familie und ihren Freunden um. „Ich bin vielleicht voreingenommen, aber ihr zwei saht gut aus. Richtig gut."

„Jepp." Colleen, die immer noch blass war, lächelte. „Ich glaube nicht, dass Dylan und ich so zusammen gewirkt hätten. Ich wäre zu sehr damit beschäftigt gewesen, ihn auszulachen."

Mina hatte bereits ihr Telefon in der Hand.

„Rufst du Kent an?", fragte Jo. Noch bevor ihre Schwester nickte, wurde ihr bewusst, wie lächerlich diese Frage war. Wen sonst sollte sie so eilig anrufen wollen?

„Wie ist es gelaufen?", fragte Mina mit dem Handy am Ohr. Dann nickte sie, machte mehrmals „M-hm" und gab ihrer Schwester endlich lächelnd ein Daumen-Hoch-Zeichen, bevor sie aufstand, um ans andere Ende des Decks zu gehen und ungestört mit Kent zu reden.

„Na, das ist doch zumindest etwas. Was für eine Erleichterung." Jo legte den Kopf zurück und lächelte, als Dylan seine Liege näher zu ihrer heranrückte und ihre Hand nahm. „Willst du deine Schwester anrufen?"

Er schüttelte den Kopf. „Später. Wenn sie fertig sind, gibt sie mir Bescheid."

Jo konnte nur hoffen, dass es gut ausgehen würde.

„Oh-oh." Ginnie setzte sich auf ihrem Stuhl auf.

Jo tat es ihr gleich. „Was?"

„Unsere große Schwester kommt hierhermarschiert und sieht nicht gerade glücklich aus."

„Oh, du glaubst doch nicht, dass sie sich mit Kent gestritten hat, oder?" Teresa saß auf der Kante ihres Stuhls.

Mina blieb kurz vor ihren Liegen stehen. „Wir haben ein Problem."

„Mit Kent?", fragte Brenda leise.

„Das wäre schön." Mina seufzte. „Während wir telefoniert haben, hat Mom in der Bar darum gebeten, dass sie den Sender des Fernsehers hinter der Theke umschalten."

„Aber die Show war doch längst vorbei." Ginnie rückte noch ein Stück weiter vor, als würde sich Minas Antwort ändern, wenn sie besser hören konnte.

„Das stimmt. Aber sie haben eine Vorschau für die nächste Folge gezeigt. Und ratet Mal, welches Paar beim Sandburgbauen in die Kamera gelächelt hat."

Jo wich alle Farbe aus dem Gesicht, und Dylan wünschte sich, er hätte mehr tun können, als nur ihre Hand zu drücken.

„Wie hat sie es aufgenommen?" Brenda war die Einzige in der Gruppe, die mutig genug war, um das zu fragen.

Mina drehte abrupt den Kopf in ihre Richtung. „Kannst du dir das nicht denken? In einem Moment habe ich mit Kent darüber gesprochen, wie … na ja, ich habe mich mit Kent unterhalten, und auf einmal habe ich ein ohrenbetäubendes Kreischen gehört. Und dann hat meine Mom geschrien: *Ehemann*.“

„Auf eine Art, wie man schreit, wenn man in einem anderen Raum ist und die andere Person einen nicht hören kann, wenn man nicht schreit?“, fragte Colleen vorsichtig.

Nun wandte sich Mina zu ihr um. „So wie sie geschrien hat, als mein Vater den Kuchen aufgegessen hat, den sie eine Stunde später zu einem Besuch bei Freunden hatte mitnehmen wollen.“

„Oh.“ Colleen biss sich auf die Lippe und schaute zu Dylan auf. Sie wusste genauso gut wie er, dass dies erst der Anfang war.

Jos Wangen hatten wieder etwas mehr Farbe angenommen. „Und was dann?“

„Ich weiß es nicht.“ Mina schüttelte den Kopf und ließ sich schwer auf den nächstbesten Liegestuhl sinken. „Kent hat ‚Oh-oh‘ gemurmelt, gefolgt von ‚Nein, Mrs Ummarino, es ist nicht so, wie Sie …‘ Und dann wurde die Verbindung unterbrochen.“

„Oder das Handy wurde in ein Bierglas geworfen“, murmelte Ginnie.

Dylan drehte sich zu Jo um, senkte den Kopf und flüsterte ihr ins Ohr. „Würde deine Mom so was tun?“

Jo sah ihn aus großen runden Augen an, die ihn an einen Welpen erinnerten, der eine Unschuldsmiene aufsetzte, nachdem er die besten italienischen Lederschuhe seines Besitzers zerkaut hatte. Schließlich nickte Jo langsam und seufzte. „Oh, sie ist noch zu viel schlimmeren Dingen in der Lage. Wir sind Italienerinnen. Wir können ein Erdbeben mit einer Stärke von sieben wirken lassen wie einen kleinen Zwischenfall.“

„So schlimm?“

Sie nickte erneut. „Ich fürchte schon.“

Auf einmal schien es ihm nicht mehr ratsam, noch zu warten, ehe er seine Schwester anrief.

„Ich glaube, ich sollte auch telefonieren.“

Jo platzierte ihre Hand auf seiner und zwang sich zu einem Lächeln. „Viel Glück."

„Danke."

Während er über das Deck ging, schaute er sich mehrmals über die Schulter um, um sicherzugehen, dass ihm kein Kameramann folgte, bevor er sich in eine kleine Ecke begab, wo er geschützt war vor neugierigen Blicken war. Dann nahm er das Handy aus seiner Tasche, atmete tief durch und rief seine Schwester an.

Der Ruf ging länger durch, als er für möglich gehalten hatte, und als er schon damit rechnete, dass die Mailbox anspringen würde, meldete sich seine Schwester mit atemloser Stimme. „Hi."

Sie klang definitiv fröhlicher, als er erwartet hatte. „Hey. Wie läuft's?

„Richtig gut. Du hattest recht. Er liebt osteuropäisches Essen."

„Warum sollte ich lügen?", fragte er mit einem unterdrückten Lachen. „Dann ist also alles gut gelaufen."

„Laut meiner Uhr ist die Show vorbei, und wir sind auf der sicheren Seite. Mom teilt gerade die Karten aus. Ich weiß nicht, ob ich es dir beim letzten Mal erzählt habe, aber der Typ spielt total gerne Karten. Und das tun wir jetzt ... Mom, was machst du da?"

Ihm gefiel nicht, dass sich ihre Stimme um eine Oktave erhöht hatte. „Was ist los?"

„Nichts. Mom ist nur ... Ach, Mist."

Bevor einer von ihnen noch etwas sagen konnte, war die Leitung tot. Er starrte hinauf zum Sternenhimmel und wusste nicht, ob die Verbindung abgebrochen war oder ob seine Schwester den Anruf mit Absicht beendet hatte. Eines wusste er jedoch ganz sicher. Von allen Wörtern, die existierten, hasste er keine anderen so sehr wie *Oh-oh* und *Mist*.

„Ist alles in Ordnung?" Jo trat hinter ihn und legte

ihm eine Hand auf den Unterarm.

„Kommt darauf an."

„Auf was?" Sie stellte sich so dicht vor ihn, dass er ihr Shampoo riechen konnte, Vanille.

„Ob *Oh, Mist* oder *Oh-oh* etwas Schlimmeres bedeutet."

KAPITEL 16

„Schon irgendwas gehört? Jo schaute ihre Schwester über ihren morgendlichen Kaffee hinweg an.

Mina schüttelte nur ganz langsam den Kopf, so wie sie es in den letzten zwei Tagen so oft getan hatte, wenn Jo oder Ginnie diese Frage gestellt hatten.

„Wie kann es sein, dass niemand an sein Handy geht?" Brenda seufzte.

„Ich habe Neuigkeiten." Teresa ließ sich auf einem Stuhl neben den anderen nieder. „Ich bin zu dem Schluss gekommen, dass irgendetwas nicht stimmen kann, abgesehen von der Tatsache, dass deine Mutter wütender ist als eine Hornisse im Zyklon."

„Und das wäre?", fragte Ginnie.

„Sieht aus, als würde der Satellit des Schiffes nicht funktionieren. Der Klingelton, den wir hören, ist der unserer Telefone, wenn sie versuchen, eine Verbindung aufzubauen. Es ist also nicht so, als würde die andere Person absichtlich nicht rangehen."

Alle runzelten die Stirn, außer Teresa.

„Warum seht ihr so missmutig aus? Das sind doch gute Neuigkeiten, oder?"

„Vielleicht." Ginnie nahm einen weiteren Schluck von ihrem Kaffee, ehe sie die Tasse abstellte. „Oder vielleicht hat Mom unsere Namen aus der Familienbibel rausgeschnitten und alle Tupperdosen mit Lasagne aus unseren Gefrierfächern geholt."

„Du willst die Wichtigkeit der Familienbibel mit Lasagne vergleichen?" Brenda starrte die Schwester ihrer besten Freundin an.

„Wir sind Italienerinnen. Essen ist uns wichtig." Ginnie zuckte mit den Schultern.

Jo hörte auf, so zu tun, als hätte sie Hunger, und legte ihre Gabel neben den Teller mit Eiern, der vor ihr stand. „Sie wird nicht wütend auf euch beide sein, sondern auf mich. Auf ihr Baby. Weil ich ihr nicht erzählt habe, was los war, und weil ich einen Partner im Fernsehen gesucht habe."

Mina schüttelte den Kopf. „Hier zeigt sich mal wieder, dass man als Älteste auch am weisesten ist. Wie es schon in dem alten Sprichwort heißt: Erschießt nicht den Boten schlechter Nachrichten. Wir sind zwar die Boten, aber in diesem Fall können wir die Nachricht gar nicht übermitteln."

So ungern Jo es auch zugab, ihre Schwester hatte ein gutes Argument vorgebracht. Sie konnte den morgigen Tag kaum erwarten. Alles, was sie tun musste, war, den letzten Tango überleben, und morgen früh würde sie endlich das Boot verlassen, um nach Hause zu fahren und alles zu klären. Das einzige Problem war, dass sie ohne Dylan nach Hause zurückkehren würde. Sie konnte förmlich spüren, dass kleine Splitter aus ihrem Herzen herausbrachen.

„Sorry, dass ich zu spät komme. Ich habe versucht, bei meiner Schwester und in der Kanzlei anzurufen. Ohne Erfolg." Dylan nahm auf dem Stuhl neben Jo Platz. Dort, wo sich bewusst keine von ihren Schwestern hingesetzt hatte.

„Offenbar", Jo wandte sich ihm zu, „gibt es ein Problem mit dem Satelliten des Schiffes. Man kann keine Anrufe tätigen und empfangen."

„Oh." Er nickte. „Ich weiß nicht recht, ob das etwas Gutes oder Schlechtes ist."

„Jepp." Jo bemühte sich, ihn anzulächeln. „Das frage ich mich auch."

„Aber das Positive ist", Teresa grinste alle an, bevor sie fortfuhr, „morgen ist das alles vorbei."

Aber das war auch Teil des Problems. So sehr sie sich darauf freute, zu ihrer Mutter und dem Rest ihrer riesigen chaotischen Familie zurückzukehren und diese lächerliche Show hinter sich zu lassen, wusste sie tief in ihrem Inneren, dass sie morgen nicht wirklich gehen wollte. Sie wollte nicht, dass diese wundervolle Reise endete.

Mit einem leisen Seufzen drückte sie sich vom Tisch ab und erhob sich, um sich Dylan zuzuwenden. Sie wollte ihn nicht verlassen. „Sollen wir gehen?"

Er nickte, tupfte sich schnell die Mundwinkel mit der Serviette ab und stand ebenfalls auf. „Lass und den anderen zeigen, wie es geht."

Seinen fröhlichen Tonfall wusste sie zu schätzen. Die Generalprobe am heutigen Morgen im größten Resort der Insel wäre die letzte Chance zu üben, bevor heute Abend die letzte Vorführung stattfinden würde. Sie mussten die Show gewinnen, das wollte sie unbedingt.

„Wir sehen uns später", rief Mina ihnen hinterher. Ihre Miene wirkte so entspannt wie schon seit der Ausstrahlung der ersten Folge und ihrem Gespräch mit ihrem Verlobten nicht mehr. Vielleicht waren die Neuigkeiten, die Teresa ihnen unterbreitet hatte, doch etwas Gutes.

Sie hatten das Boot verlassen und waren mit dem Taxi die kurze Strecke bis zum Resort gefahren. Die Eingangshalle des Hotels wirkte genau so, wie man es an einem tropischen Ort erwarten würde. Hohe Decken, Stühle und Tische aus Rattan. Die Angestellten trugen Shirts mit Blumenmuster, und überall waren frische Blumen in leuchtenden Farben verteilt. Es war der perfekte Ort für den letzten Tag der Kreuzfahrt.

„Ich frage den Concierge, wo die Proben stattfinden." Dylans Hand lag noch immer auf ihrem unteren Rücken, während er sie durch die Lobby führte.

„Gute Idee."

„So eine …" Dylan erstarrte, und seine Augen weiteten sich. Ehe sie fragen konnte, was los war, packte er sie am Arm und zog sie durch die Eingangshalle, um sie in eine Ecke hinter einer Topfpflanze zu schieben.

„Was zur …"

Er legte ihr seine Finger auf die Lippen. „Schh." Wie in einer schlechten Komödie schob er die breiten Blätter der Pflanze auseinander und spähte mit verengten Augen hindurch. „Das kann nicht sein."

„Was kann nicht sein?", flüsterte sie und versuchte auszumachen, wohin er starrte.

Durch die grünen Blätter hindurch zeigte er auf einen bestimmten Punkt. „Der Mann dort drüben in der grünen Shorts und mit dem Strohhut."

Sie wusste sofort, wen er meinte.

„Entweder ist das Bruce Constantine, oder ich halluziniere."

„Wer?" Sie verengte die Augen, als könnte sie einfacher ableiten, wer Bruce Constantine war, wenn sie eine klarere Sicht hatte.

„Der Besitzer der Costa Brewery. Der Typ, den wir als Klienten für uns gewinnen wollen."

„Warum sollte er hier sein? Ich meine, ich nehme an, er hat genauso das Recht auf einen Urlaub wie alle anderen, aber hier?"

Dylan seufzte und atmete tief durch. „Okay. Was, wenn er es wirklich ist? Es ist ein großes Hotel. Sobald er die Lobby verlassen hat, finden wir heraus, wo wir hinmüssen, und machen uns so schnell wie möglich auf den Weg nach dort."

„Okay." Sie schenkte ihm ein breites, beruhigendes Lächeln, aber kam zu dem Schluss, dass dies nicht genügte. Noch immer versteckt hinter der riesigen Pflanze stellte sie sich auf die Zehenspitzen und küsste ihn auf den Mund. Etwas, das sie schon tun wollte, seit er sie vor fast einer Woche geküsst hatte.

Er legte seine Arme um ihre Taille und ließ sich in den Kuss sinken. Seit einer knappen Woche hatte er genau das Gleiche tun wollen. Nun wollte er sie noch enger an sich heranziehen und sie für den Rest des Tages küssen. Zur Hölle mit den Proben, der Show und dem Geld. Zum Glück gab es die Pflanze, die ihnen ein wenig Privatsphäre schenkte. Schließlich löste er sich aber dennoch widerwillig von ihr und schaute sich über die Schulter nach hinten um. Constantine war nirgends zu sehen. „So ungern ich das auch sage, ich glaube, wir müssen zur Probe. Und zwar jetzt."

Mit einem schweren Seufzen nickte Jo und legte ihre Hand in seine, ehe sie ihm folgte. Sie hatten gerade zwei oder drei Schritte geschafft, als sie ihn wieder hinter die Pflanze schob. „Oh mein Gott."

Irgendwie klang das nicht so, als hätte sie vor, ihn noch einmal hinter den riesigen grünen Blättern zu küssen. Er folgte ihrem Blick und entdeckte mehrere Touristen mit Koffern, die durch die Lobby gingen. „Was?"

„Vielleicht haben wir beide Halluzinationen."

„Constantine?" Er hielt Ausschau nach dem Mann in der grünen Shorts.

Jo schüttelte den Kopf und zeigte auf eine Stelle in der Eingangshalle. „Meine Mutter."

„Was? Bist du sicher?" Er betrachtete unterschiedliche Frauen und fragte sich, welche von ihnen diejenige war, die alle drei Schwestern gleichzeitig vergötterten und fürchteten.

„Ja. Ich meine nein. Ich meine, warum sollte sie hier sein? Meine Mutter hat unseren Heimatort vielleicht zweimal verlassen, seit ich auf der Welt bin. Und definitiv niemals den Staat." Sie stieß ein schweres Seufzen aus. „Meinst du, uns wurde etwas ins Getränk gemischt?"

Er zog sie an seine Seite, legte einen Arm um ihre Taille und schüttelte den Kopf. „Das ist sehr unwahrscheinlich."

Zusammen standen sie da und beobachteten, wie Mrs Ummarino die Eingangshalle durchquerte und auf die Rezeption zusteuerte, wo sie mit einer großen, schlanken brünetten Frau mit einem großen Strohhut sprach. „Mit wem redet sie denn gerade?"

Als sich die beiden Frauen leicht in ihre Richtung drehten, blieb Dylan der Mund offen stehen. „Vielleicht sind wir gestorben und in der Hölle gelandet, ohne es zu wissen." Während er mit der einen Hand durch die Blätter der Pflanze auf die beiden Frauen zeigte, fuhr er sich mit der anderen durch die Haare. „Das ist meine Schwester."

„Und *ich* bin dein Vater. Was macht ihr zwei hinter einer Topfpflanze?"

KAPITEL 17

„Dad." Dylan wirbelte herum und zog Jo neben sich. „Was für eine Überraschung."

Der hochgewachsene Mann mit dem grauen Haar, der seinem Sohn überaus ähnlich sah, schaute hoch zu den Blättern der Pflanze und dann wieder zu Dylan. „Das habe ich auch gerade gedacht."

„Da seid ihr ja alle." Der Mann, den Jo nun als Bruce Constantine erkannte, stand hinter Mr Barnes.

„Feiert ihr ohne mich eine Party?" Neben dem CEO der Brauerei stand jetzt Jos eigene Halluzination.

„Mama?", brachte sie hervor.

„Ja." Ihre Mutter lächelte. *Lächelte.*

Was um Himmels willen ging hier vor sich? Waren Dylan und sie nach der Taxifahrt aus irgendeinem Grund in einem alternativen Universum gelandet? „Schön, euch zu sehen?" Sie hatte ihre Begrüßung nicht klingen lassen wollen wie eine Frage, aber im Moment war sie sich in Bezug auf einfach alles unsicher.

„Darf ich fragen, warum wir uns alle in diesem wenig beeindruckenden botanischen Garten versammelt haben?" Dylans Schwester trat einen Schritt zurück und winkte mit einer Armbewegung alle in die Lobby hinein. „Es gibt doch bestimmt einen bequemeren Ort?"

Dylan schaute seine Schwester an, blickte auf seine Armbanduhr hinab und sah wieder auf. „Wir haben noch genau zwanzig Minuten, bevor wir zur Generalprobe müssen …“

„Ooh.“ Jos Mom klatschte in die Hände. „Ich liebe Generalproben.“

„Aber niemand darf dabei sein, Mama.“

„Oh.“ Die Begeisterung und das Lächeln ihrer Mutter verschwanden.

„Wie gesagt“, Dylan schaute noch einmal auf seine Uhr, „da uns nur noch zwanzig Minuten bleiben, ist der beste Ort, um uns zusammenzusetzen, das Sofa dort drüben.“

Alle nickte und gingen in einer Reihe zu der Sitzgruppe.

„Wer möchte beginnen?“, fragte Dylan und hob dann eine Hand. „Ach, was soll's. Ich mache den Anfang. Warum sind meine Familie und Mr Constantine hier?“

„Nenn mich Bruce.“

Dylans Brauen schossen in die Höhe, ehe sie wieder an ihren ursprünglichen Ort zurückkehrten. „Okay. Warum seid ihr zwei und …“

„Drei“, entgegnete sein Vater und zeigte hinter seinen Sohn. „Deine Mutter ist auch hier.“

„Wie dem auch sei“, erwiderte Dylan, als seine Mutter zu der Gruppe geeilt kam, „was macht ihr in diesem Hotel?“

Dylans Mom meldete sich zu Wort. „Wir sind alle hier, um uns das Finale anzusehen.“

„Und woher wisst ihr davon?“ Dylan starrte seine Mutter an.

„Na, von Carson natürlich.“

Dylans Stimme klang matt. „Carson hat es euch erzählt?“

„Nun. Nicht direkt Carson.“

„Seine Mutter.“ Dylan seufzte.

„Ich liebe alles, was Dirk Simpson bisher gemacht

hat", unterbrach Bruce Constantine.

„Ich muss zugeben, dass ich zunächst verärgert darüber war, dass ein Anwalt, der meine Firma repräsentieren will, verreist, um an einer derart frivolen Fernsehshow teilzunehmen. Wie ernst kann so ein Mann schon bei der Sache sein? Aber als ich erfahren habe, dass Dirk Simpson der Moderator ist, und deine Mutter mit ihrer Freundin gesprochen hat und die Erlaubnis erhalten hat, zum Finale einzureisen, musste ich einfach mitkommen."

„Wir freuen uns alle, dass du dabei bist." Sein Vater warf Dylan einen vielsagenden Blick zu, und selbst Jo verstand, dass er ihm damit sagen wollte, er solle kein Drama daraus machen.

Bruce wandte sich Dylans Mutter zu. „Es freut mich, dich endlich kennenzulernen."

„Die Freude ist ganz meinerseits." Dylan hatte definitiv das strahlende Lächeln seiner Mutter geerbt.

„Dein Gulasch ist köstlich." Sobald die Worte Bruce' Mund verlassen hatten, spürte Jo, dass sich Dylan neben ihr versteifte.

„Mein Gulasch?" Mrs Barnes schaute auf ihr Kleid hinab, strich den Stoff glatt und blickte dann wieder Bruce an.

Bruce zog verwirrt die Augenbrauen zusammen. „Ja, dein Rezept."

„Rezept?" Die Augen seiner Mutter wurden groß und rund. „Ein Kochrezept?"

Und in diesem Moment erkannte Jo, dass es an der Zeit für ein klassisches Ummarino-Ablenkungsmanöver war. „Also." Sie räusperte sich und wandte sich ihrer Mutter zu. „Wir wissen jetzt, warum die Familie Barnes hier ist, aber warum bist du hier, Mama?"

„Oh, nun, natürlich war ich fürchterlich aufgebracht, als ich erkannt habe, was hinter meinem Rücken vor sich ging."

„Mama …" Es missfiel ihr, dass sie klang wie ein weinerliches Kind.

„Wir unterhalten uns später über deine Geheimniskrämerei. Lass mich erst deine Frage beantworten. Als Mr und Mrs Barnes sich entschieden haben, herzukommen und sich anzusehen, was los ist, haben sie Carsons Mutter nach deinem Namen gefragt. Mr Barnes …"

„Toni, ich dachte, wir hätten uns darauf geeinigt, dass du mich Robert nennst."

Was zur Hölle? Ihre sonst so taffe Mutter lächelte Dylans Vater an wie ein Teenager, der in einen Lehrer verknallt war. Was irgendwie passend war, da ihre Mutter schon seit der Highschool nicht mehr Toni genannt worden war.

„Wie gesagt …" Noch immer lächelnd wandte sich ihre Mutter wieder ihr zu. „Robert war so nett, deinen Vater und mich einzuladen."

„Dad ist auch hier?" Jemand musste sie aus diesem Albtraum aufwecken.

„Ja." Jos Mutter runzelte die Stirn. „Er diskutiert gerade mit dem Küchenpersonal über den Aufschnitt, den sie im Angebot haben. Ich hab ihm gesagt, es gehe ihn nichts an, aber du kennst ja deinen Vater."

Jo nickte. „Schon verstanden, Mama." Für ihren Vater war der Vorrat von angemessenen Delikatessen genauso wichtig wie der Weltfrieden.

„Wie hätte ich denn verpassen können, wie mein kleines Mädchen eine Fernsehshow mit ihrem Traumpartner gewinnt?" Die Augen ihrer Mutter funkelten genauso wie der karibische Ozean.

Genau das hatte Jo vermeiden wollen. Nun hätte sie schon wieder eine gute Fee gebrauchen können. Oder besser Scotty, der sie fortbeamte. „Was das betrifft, Mama … Hat Mrs Carson es dir nicht erklärt?"

Ihre Mutter winkte ab, und Jo wusste nicht einmal

mehr, wo sie beginnen sollte. Der Rest der heutigen Show würde es ihr unmöglich machen, ihre Mutter vom Gegenteil zu überzeugen. Besonders weil sie mit einem Blick in die Augen ihrer Tochter erkennen konnte, was sich wirklich in ihrem Herzen abspielte. Sie steckte eindeutig in Schwierigkeiten.

Langsam, aber sicher ging ihre gemeinsame Zeit zu Ende. Ihre zehn Tage zusammen waren viel zu schnell vergangen. Wie sollte Dylan ein klärendes Gespräch mit Jo führen, wenn ihnen ständig ein Kameramann folgte und nun auch noch ihre Familien hier waren? Der einzige Ort, an dem sie wirklich ungestört waren, war die Toilette – nicht wirklich romantisch.

Nervös und abgelenkt, hatte er ewig gebraucht, um sein schickes weißes Hemd zuzuknöpfen. Er wusste, dass er aussehen sollte wie ein Latin-Lover, aber er fühlte sich eher wie ein Schuljunge im Smoking. Anders als bei den Privatstunden zuvor, sollten nun alle drei Paare ihre Choreografie zeitgleich vorführen. Genauso wie sie es wenig später auf der Bühne tun sollten. Wenigstens trugen alle Männer das gleiche Outfit, was Dylan das Gefühl gab, er würde nicht aus der Masse hervorstechen.

„Wie sehe ich aus?" Die sanfte Stimme, die ihm über seine Schulter ins Ohr drang, hätte sein Herz mit nur einer Silbe zum Schmelzen bringen können.

Als er sich umdrehte, blieb ihm fast die Luft weg. Nur ein Wort kam ihm in den Sinn. „Perfekt." In ihrem dunkelroten Kleid mit dem asymmetrischen Saum, dem tiefen Ausschnitt und den winzigen Ärmeln, die ihre Schultern kaum bedeckten, sah sie einfach umwerfend aus.

Die Musik setzte ein, und alle Paare stellten sich auf. Diesmal musste niemand Dylan daran erinnern, dass er seinen Blick auf Jo richten sollte, denn er konnte ihn ohnehin nicht abwenden. Schon von den ersten paar Schritten an bewegten sie sich im Einklang, langsam und gleichmäßig, und keiner von beiden schaute weg. Dies war die erste Sache, die sich heute richtig anfühlte.

Er hielt sie fest in seinen Armen, während sie das Bein nach hinten ausstreckte, er sie nach unten sinken ließ und wieder hochzog. Es kam ihm vor, als würden sie miteinander verschmelzen. Ob er sie auch nach dem Ende des Tanzes noch genauso eng an sich drücken konnte? Er wollte weitertanzen, ihre fließenden gemeinsamen Bewegungen genießen, sich aus dem Tanzsaal hinausschleichen und einen ungestörten Ort mit ihr aufsuchen.

Ihre Blicke waren noch immer miteinander verschränkt, und sie hielten einander so fest umschlungen, dass kein Millimeter Abstand zwischen ihnen herrschte. Sein Herz hämmerte vor Lust und Liebe, und dieses neue Gefühl bereitete ihm Angst.

Mit einer letzten Drehung ließ sie sich rücklings in seinen Arm fallen und schob ihr Bein nach vorn. Er schaute ihr immer noch tief in die Augen. Die weiche Haut ihres Halses lag frei, und am liebsten hätte er sie dort geküsst. Aber das konnte er nicht. Nicht hier. Nicht jetzt.

Als die letzten Töne des Tangos verklangen, zog er sie langsam wieder hinauf in seine Arme. Im Proberaum war nun unerwarteter Beifall zu hören. Er wusste nicht, wem er galt, aber das war ihm egal. Er konnte seine Gefühle nicht länger verbergen. „Ich kann das nicht."

Als Jo verwirrt blinzelte, erkannte er sofort, dass er einen Fehler gemacht hatte. Er hatte zu wenig gesagt.

Sie hatte ihn nicht verstanden.

„Ich kann nicht länger so tun, als würde ich nur so tun."

Sie blinzelte erneut.

„Ich liebe dich, Jo Ummarino. Ich will, dass das hier echt ist."

Ein süßes Lächeln kehrte auf ihre Lippen zurück. „Es ist echt. Ich liebe dich, Dylan Barnes."

Wieder erklang Applaus, und obwohl er Jo in seinen Armen hielt, wurde ihm erst jetzt schlagartig bewusst, dass sie Zuschauer hatten. Jos Kopf lag an seiner Schulter, und sie drehten sich in die Richtung, aus der der tosende Beifall kam.

Zu seiner Überraschung hatten sich ihre Freunde und Familien im Raum versammelt, obwohl die Probe nicht öffentlich hatte sein sollen. Carson stand daneben und grinste wie ein Wahnsinniger.

Jos Mom entfernte sich von der Gruppe, rannte über die Tanzfläche und zog Jo in ihre Arme. „Ich wusste es", quietschte sie. Dann trat sie mit verengten Augen einen Schritt zurück und umfasste Jos Gesicht. „Ich bin immer noch verärgert, weil du mir all das verschwiegen hast." Dann lächelte sie wieder. „Aber du siehst so glücklich aus. Und du." Sie wandte sich Dylan zu. „Ich kann es in deinen Augen sehen. Du liebst meine Giuseppa. Willkommen in unserer Familie."

Dylan, der noch nie so fest gedrückt worden war, war sich sicher, dass es sich so anfühlen musste, von einer Boa Constrictor erwürgt zu werden.

„Nun gut, alle miteinander." Carson ging schnellen Schrittes durch den Saal. „Wir haben eine Show zu filmen. Jetzt dürfen nur noch Produzenten und Filmteam hier sein." Er winkte Familien und Freunden zu und drehte sich dann zu Dylan um. „Nur damit du es weißt, durch das Mikro im Saal wurde fast alles, was ihr gerade gesagt habt, übertragen. Aber es wird nicht ausgestrahlt werden.“

„Danke“, sagten beide leise.

Carson nickte. „Und übrigens erwarte ich, dass euer erstes Kind nach mir benannt wird.“ Er zeigte mit dem Finger auf sie beide. Lachend ging er davon und rief dem Team Anweisungen zu.

„Carson Barnes“, murmelte Dylan nachdenklich und wandte sich Jo zu. Er hoffte, dass er sie nicht verschreckt hatte.

Sie seufzte schwer und wandte sich Dylan zu.

Wenigstens lächelte sie immer noch. Das war ein gutes Zeichen. Oder?

„Ich glaube, das gefällt mir.“ Ihre Stimme klang sanft und fließend wie warmer Honig.

Oh ja, es war definitiv ein gutes Zeichen.

KAPITEL 18

Die letzte Challenge stand bevor, und zum ersten Mal seit Beginn dieser verrückten Scharade war es Jo egal, ob sie gewinnen würden. Sie hätte zu diesem Zeitpunkt das Handtuch schmeißen können, aber das wollte sie Carson nicht antun.

Im Gegensatz zu allen vorherigen Challenges an Bord fand der Tanz im Theater des Schiffes statt. Und nun wartete sie auf die letzte Vorführung.

Dylan hatte seit der Probe am Nachmittag ihre Hand nicht mehr losgelassen. Die restlichen Passagiere und sogar ihre Freunde hatten sich genauso im Publikum versammelt wie immer, aber für Jo und ihn war alles anders. In ihren Berührungen, die nun stärker und sicherer waren, lag so viel Wärme und Liebe.

Als sie durch die Vorhänge spähte, sah sie nur die erste Reihe der Zuschauer, wo ihre und Dylans Familien sowie Mr Constantine Platz genommen hatten. Obwohl sie den Tanz bereits gesehen hatten, machte es Jo nervös, dass ihre Mutter zusehen würde. „Ich wusste nicht, wie groß das Theater ist."

„Du wirst es schaffen", flüsterte Dylan ihr ins Ohr. Sie trugen zwar keine Mikros, aber sie hatte festgestellt, dass das Produktionsteam trotzdem alles mitbekam. Der Druck seiner Hand, die Wärme seines Atems an ihrem Ohr genügten beinahe, um sie vergessen zu lassen, dass der Tanz auf diversen Bildschirmen live auf dem Schiff übertragen wurde.

„Ich hoffe einfach, dass ich nicht über meine eigenen Füße stolpere."

„Das werde ich nicht zulassen." Er lächelte. „Oh, dort gibt es schon wieder Ärger."

Sie folgte seinem Blick und sah Colin und Debbie, die ein letztes Mal ihre Tanzschritte übten. „Schaut er ihr etwa in den Ausschnitt?"

„Ich fürchte ja. Soll ich ihn daran erinnern, ihr in die Augen zu schauen?"

„Nicht nötig." Jo schüttelte den Kopf. „So wie Debbie ihn anschaut und ihre Lippen bewegt, hat sie das schon übernommen."

„Weißt du, sie tun mir fast leid."

„Ich weiß. Sie sahen am Anfang so verliebt aus."

„Ich glaube, die Produzenten hatten recht, und es ist wirklich nicht einfach, eine Online-Bekanntschaft ins wahre Leben zu übertragen. Es kann eine Menge Überraschungen geben."

„Guten Abend, meine Damen und Herren." Dirks Stimme erfüllte das riesige Theater. „Wir haben heute Abend eine Überraschung. Zwei besondere Jurymitglieder beehren uns, und bevor die Challenge beginnt, werden sie einen eigenen Tanz vorführen. Und natürlich wird das kein Tango sein." Er hielt inne, als rechnete er damit, dass das Publikum seine Bemerkung amüsant finden würde. „Einen großen Applaus für das Bruder-Schwester-Tanzpaar aus der beliebtesten Tanzshow des Landes – Ginger und Geoffrey Howard mit dem Paso Doble."

Der tosende Beifall war beinahe ohrenbetäubend. Die Lichter wurden gedimmt, und ein Scheinwerfer ließ die Mitte der Bühne hell erstrahlen. Langsam gingen die beiden Geschwister von entgegengesetzten Seiten aufeinander zu. In der Mitte trafen sie zusammen und vollführten einen atemberaubenden Tanz, der wirkte wie eine Mischung aus einem spanischen Flamenco und unterschiedlichen lateinamerikanischen Tanzstilen.

„Ich kenne sie aus dem Fernsehen und weiß, dass sie gut sind." Jo schüttelte kaum merklich den Kopf. „Aber live auf der Bühne … einfach nur wow!"

„Das habe ich gerade auch gedacht. Vielleicht hätten sie lieber anschließend auftreten sollen, damit wir im Vergleich nicht so jämmerlich wirken."

Doch Jo war es mit einem Mal egal, ob sie über ihre eigenen Füße stolpern oder auf dem Hintern landen würde. Sie hatte ihren Preis längst gewonnen.

Als die beiden Stars sich hinter das Podium vor der Bühne setzten, stellten sich die drei Paare auf der Bühne auf.

Im Gegensatz zu Colin und Debbie, die einander hinter der Bühne fast mit Blicken erdolcht hätten, wechselten Jay und Sandy verstohlene Blicke, wobei sie lächelten und erröteten. Wenigstens zwei der teilnehmenden Paare würden am Ende glücklich aus der Show hinausgehen, auch wenn Dylan nie damit gerechnet hatte, das er zu einem dieser beiden Paare gehören würde.

Während sie auf den Einsatz der Musik warteten, wirkten Colin und Debbie jedoch vollkommen professionell. So wie sie ihren Partner anlächelte, hätte niemals jemand vermutet, dass sie ihn vor wenigen Minuten noch scharf zurechtgewiesen hatte. Und auch Colin blickte seiner Partnerin diesmal überraschenderweise fest in die Augen. Vielleicht sollten die beiden über eine professionelle Schauspielkarriere nachdenken.

Dylan hatte Jo zu sich herangezogen wie schon in

den Proben. Der Unterschied zwischen vorhin und jetzt war jedoch, dass sie offiziell seine Freundin war. Sobald sie zu Hause ankommen würden, würde er seine Koffer packen und ans andere Ende des Staates zu Jo ziehen. Am Ende hatte es sich doch ausgezahlt, noch kein Haus gekauft zu haben.

Die ersten Töne des Tangos erklangen, und sie begannen, sich langsam und, wie er hoffte, anmutig zu bewegen. Jeder Schritt fühlte sich weicher und leichter an, und er musste sich arg zusammenreißen, um nicht von einem bis zum anderen Ohr zu grinsen. Jeder Schritt, jede Drehung, jeder Kick erschienen so einfach wie Atmen. Im Verlauf der Show hatte jedes Paar mal an erster Stelle gestanden, aber heute war ihnen das Ranking nicht verraten worden. Niemand wusste, wie sie abgeschnitten hatten. Und das letzte Wort würden die Fernsehzuschauer haben. Carson hatte erklärt, dass die Abstimmung das Wichtigste bei Sendungen dieser Art war, also konnte sich auch rückwirkend für die vorherigen Folgen noch verändern, auf welchem Platz sie lagen. Das letzte Wort wäre erst nach der Ausstrahlung des zweistündigen Finales gesprochen. Während der ersten Stunde könnten die Leute zu Hause abstimmen, und während der zweiten Stunde würde das Ergebnis ausgewertet werden. Nicht einmal das Produktionsteam würde bis dahin wissen, wer die Sieger waren.

Doch Dylan war nur ein Preis wichtig. Er hatte Jos Liebe für sich gewonnen und sich bereits selbst versprochen, für den Rest seines Lebens jede Minute zu wertschätzen, die sie miteinander verbringen würden.

Die Musik kam langsam zum Ende. Mit einer letzten Drehung ließ er sie auf seinem Arm nach unten sinken, wobei sie ihr Bein nach vorn schob. Wieder entblößte sie dabei die zarte Haut ihres Halses. Und diesmal hielt er sich nicht zurück, sondern küsste sie, ohne zu zweifeln und ohne zu zögern.

EPILOG

„Hey!" Antoinette Ummarino, Ginnie und ihren Schwestern und eigentlich allen im Haus der Ummarinos besser bekannt als Mama, lachte. Sie legte den Holzlöffel zur Seite, mit dem sie soeben noch ihre berühmte Sonntagsbratensoße umgerührt hatte, wischte sich die Hände an ihrer Schürze ab und wandte sich ihrer jüngsten Tochter zu, um ihr auf die Hand zu schlagen. „Das ist der Nachtisch. Nicht naschen."

Jo leckte sich den Puderzucker von den Fingern und grinste ihre Mutter an. „Du weißt, ich habe eine Vorliebe für Süßes."

Dylan schlang von hinten die Arme um Jos Taille und küsste sie sanft auf den Hals. „Ich auch."

Jo schaute zu dem Mann auf, mit dem sie seit nunmehr vierzehn Wochen jeden Sonntagabend heiße Blicke wechselte. Nun, in Wahrheit wechselten sie solche Blicke nicht nur sonntags.

Ginnie, die die beiden beobachtete, wusste nicht recht, ob sie lächeln sollte, weil Jo und Dylan so süß zusammen aussahen, oder ob sie die Augen verdrehen sollte, weil sie … nun … so süß zusammen aussahen. Sie wandte sich wieder der Arbeitsplatte zu, um nach einer weiteren Gurke für den Salat zu greifen, und schaute ihre ältere Schwester an. Nur Mina und Kent konnten es romantisch wirken lassen, Tomaten für einen Salat in Scheiben zu schneiden.

Der Raum war von so viel Liebe erfüllt, dass Ginnie seufzte. Wenigstens verlor sie keine Schwestern, sondern gewann mit ihren zukünftigen Schwagern so etwas wie Brüder. Etwas, das nützlich werden könnte, wenn in dem Haus, das sie und ihre Schwestern zusammen gekauft hatten, etwas repariert werden musste.

„Ich konnte nicht früher kommen." Colleen, Dylans langjährige beste Freundin, die nun auch eine enge Freundin der Familie war, eilte durch die Haustür und betrachtete die Teller und Schalen mit Essen, die auf der gesamten Arbeitsplatte verteilt waren. „Ich liebe es herzukommen, wenn ich Hunger habe."

Mama lachte, und alle im Raum wussten, was Colleen meinte. Bei den Ummarinos gab es nie einen Mangel an gutem Essen, und alle wurden mit Vorräten für die kommende Woche nach Hause geschickt. Etwas, das besonders dann praktisch war, wenn die Schwestern einen langen und anstrengenden Tag auf der Arbeit gehabt hatten und keine Lust mehr hatten zu kochen.

Colleen bahnte sich einen Weg zu Ginnie hinüber, die italienisches Brot in Scheiben schnitt. „Die beiden sehen einfach total niedlich zusammen aus."

Ginnie musste nicht fragen, wen sie damit meinte, auch wenn sie mit dem Kinn in die entsprechende Richtung deutete. Man hätte Dylan und Jo in jedem Augenblick fotografieren können – so verliebt, wie sie einander ständig anlächelten – und ein Werbeplakat für den Valentinstag daraus machen können. Sie sahen sich an, als hätten sie ein Eis mit Sahne und Kirschen vor sich stehen und würden sich darauf freuen, mit dem Essen zu beginnen.

„Ich nehme an, keiner von euch weiß, wer gewonnen hat?" Colleen schob sich eine Olive in den Mund und ging durch die Küche zu Jo und Dylan, die nebeneinander im Esszimmer Platz genommen hatten.

Mit der Kelle in der Hand, um ihre berühmte Bratensoße auf die Teller zu geben, wirbelte ihre Mutter herum und verteilte dabei versehentlich ein wenig davon auf dem Küchenboden. „Ich dachte, wir müssen bis zum Finale heute Abend warten."

Alle, die sie kannten, waren heute ins große Haus der Familie Ummarino gekommen, um den Nachmittag zusammen zu verbringen und am Abend die Show zu schauen, die in einer Stunde ausgestrahlt werden würde. Sie konnten es kaum erwarten, zu erfahren, wer am Ende gewinnen würde.

Dylan, der Jo den Brotkorb reichte, schüttelte den Kopf. „Nope. Die Zuschauer können abstimmen."

Noch nie hatte Ginnie ihre Familie so schnell und schweigsam essen sehen. Denn für eine laute Familie wie ihre, war es ungewöhnlich, nicht zu reden. Außer für Jo und Dylan und Mina und Kent, die immer noch ausschließlich über verliebte Blicke miteinander kommunizierten.

„Warum sitzt denn noch niemand vor dem Fernseher?" Ihre Cousine Rosa stand im Türrahmen. „Die Sendung beginnt in zwei Minuten."

Plötzlich ließen alle im Raum alles stehen und liegen, vergaßen das Essen, das noch auf dem Tisch stand, und folgten Rosa. Große Schalen mit Popcorn in verschiedenen Geschmacksrichtungen waren auf den kleinen Beistelltischen verteilt. Innerhalb von wenigen Minuten hatten es sich alle bequem gemacht. Natürlich hatten sich Jo und Dylan in einem riesigen Sessel aneinandergeschmiegt, der eigentlich für eine Person gedacht war, während Ginnie auf einem der Klappstühle Platz genommen hatte.

Auch für die vorherigen dreizehn Folgen hatte sich die Familie Ummarino sonntags versammelt, um die Show zu sehen. Die allererste Szene hatte gezeigt, wie die Teilnehmer auf dem Schiff ankamen, und wie Jo lachend den Kopf zurückwarf, wobei sie ihre Hand auf Dylans Herz legte. Damals hatten sie sich kaum gekannt, und dennoch hatte man das Knistern zwischen ihn schon spüren können. Ginnie wusste nicht, wie ihr das an Bord des Schiffes entgangen sein konnte. Mit jeder Folge wurde immer deutlicher, dass die beiden sich ineinander verliebten, und dennoch hatte es Ginnie vollkommen überrascht.

Selbst jetzt, wo Jo ihren Kopf an Dylans Schulter lehnte und ihre Beine mit seinen verschränkte, sahen die beiden nicht nur so aus, als würden sie gut zusammenpassen, sondern fast, als wären sie miteinander verschmolzen.

Colleen, die neben Ginnie saß, war die einzige Person im Zimmer, die nicht auf den Bildschirm starrte, sondern auf ihr Handy, wobei sie mit dem Finger immer wieder wischte.

„Was tust du da?", fragte Ginnie, die es wagte, den Blick vom Fernseher abzuwenden, da sie ohnehin live dabei gewesen war.

„Ich will nur nachschauen, ob ich im Lotto gewonnen habe. Noch ist das Ergebnis nicht online."

Dylan verdrehte die Augen. „Ist dir eigentlich klar, dass du wahrscheinlich mehr Geld für die Spielscheine ausgegeben hast, als du jemals gewinnen wirst? Falls du überhaupt gewinnen wirst."

Colleen schenkte ihm ein breites Grinsen. „Es ist der Nervenkitzel der Jagd."

Dramatische Musik lenkte die Aufmerksamkeit aller Versammelten wieder auf den Fernseher.

„Oh, erzählt mir nicht, dass die beiden gewinnen." Rosa schaute Colin und Debbie stirnrunzelnd an. „Ich mag sie nicht. Sie sind mir zu oberflächlich."

Ginnie hatte Colin und Debbie von Anfang an nicht sonderlich gemocht, auch wenn sie natürlich voreingenommen war. Rosa hatte den Grund dafür auf den Punkt gebracht.

„Ich mag die anderen beiden", sagte ihre Cousine Toni-Ann und deutete auf den Bildschirm, als Jay und Sandy ins Bild kamen. „Sie sind süß."

Dreißig Minuten lang wurden nun die besten Momente der Show in einem Zusammenschnitt gezeigt. Augenblicke, in denen die Paare nicht mitbekommen hatten, das sie gefilmt wurden. Die Einblicke in den wahren Charakter der Teilnehmer trug mit Sicherheit nicht zu Colins und Debbies Beleibtheit bei. Jay und Sandy hatten ein paar rührende Moment gehabt, die Ginnie zum Lächeln brachten, aber es waren die flüchtigen Blicke und sanften Berührungen zwischen Dylan und Jo, bei denen Ginnie die Luft wegblieb.

Sie löste ihren Blick vom Bildschirm und schaute zu Jo und Dylan hinüber. Selbst vom anderen Ende des Zimmers aus hätte man noch die Funken zwischen ihnen sprühen sehen können, obwohl sie einander nur anlächelten.

„Oh nein." Als Rosa die Stirn runzelte, schaute Ginnie wieder auf den Bildschirm.

Jay und seine Partnerin schauten einander über eine Blume hinweg an, die Jay ihr am Straßenrand gepflückt hatte. Er flüsterte ihr aufmunternde Worte zu und rieb mit dem Finger ganz leicht über ihren Daumen. Wenn die Zuschauer die beiden bisher noch nicht geliebt hatten, dann taten sie es definitiv jetzt. *Verdammt.*

„Euer besonderer Moment bei der Probe war besser." Mama funkelte mit verschränkten Armen den Bildschirm an. Sie hatte vermutlich recht, aber Carson hatte ihnen versichert, die Szene würde nicht ausgestrahlt werden, und er hatte sein Versprechen gehalten.

„Und die Sieger sind …"

Ginnie hatte den Eindruck, dass alle Personen im

Raum ein Stück weiter nach vorn gerückt waren. Selbst Jo und Dylan. Sie saßen beide kerzengerade da du hielten sich nur noch an den Händen. Colleen ließ ihr Handy auf den Schoß fallen.

„Jay und Sandy!", verkündete der Moderator mit lauter Stimme. „Herzlichen Glückwunsch!"

Ein enttäuschtes Ächzen schallte von allen Seiten durch das Zimmer.

Rosa verschränkte die Arme und lehnte sich zurück. „So ein Mist."

„Ich konnte Dirk Simpson noch nie leiden." Mama erhob sich.

„Lieber Himmel." Colleen schaute Dylan mit offenem Mund an. „Ich habe vier Richtige."

Dylan sah sich abrupt zu seiner Freundin um. „Was? Lass mich sehen."

Colleen streckte den Arm aus und reichte ihm das Handy. „Ich kann nicht glauben, dass ich endlich etwas gewonnen habe."

„Nicht etwas." Dylan lächelte und gab ihr das Telefon zurück. „Dreißigtausend Dollar."

Colleens Augen wurden groß. „Oh mein Gott. Damit kann ich mir definitiv ein kleines Haus oder eine Wohnung kaufen." Sie sprang auf und warf die Arme in die Luft. „Yes!"

„Kein schlechter Trostpreis." Dylan ließ Jo kurz los, um seine beste Freundin zu umarmen.

„Das sind tolle Neuigkeiten." Mama nickte. „Lasst uns feiern. Ich habe Tiramisu gemacht."

Alle entfernten sich in Richtung Küche, aber Ginnie, die das Schlusslicht bildete, fiel auf, dass Jo und Dylan ihr nicht folgten. Sie drehte sich in Richtung Wohnzimmer um. „Kommt ihr zwei …"

Jo und Dylan standen einander gegenüber, wobei sie ihre Hände in seine gelegt hatte, und schauten einander fest in die Augen. Ginnie hätte sich nicht einmal abwenden können, wenn sie es versucht hätte.

„Ich habe heute Morgen ein langes Gespräch mit Cassie und Dad geführt. Wir waren uns alle einig, dass – ganz egal, wie die Show heute Abend ausgehen würde – Cassie die einzige Partnerin ist, die die Kanzlei braucht. Ich kehre nicht wieder in meinen alten Job zurück, sondern werde das tun, wovon ich schon seit langer Zeit träume. Ich werde meine eigene Firma gründen und Möbel bauen."

„Ich kann dir beim Marketing helfen, darin bin ich ziemlich gut."

„Ich weiß, aber ich habe bereits meinen ersten Auftrag – ich soll ein ganzes Esszimmer ausstatten."

„Oh, das ist wundervoll!"

„Das Leben kann manchmal unerwartete Wendungen nehmen. Der Auftrag kommt von Bruce."

„Constantine?"

Dylan nickte.

„Dann konntest du ihn also tatsächlich als Kunden gewinnen. Und du hast alles, was du immer wolltest."

„Nicht alles." Als er in seine Tasche griff, musste Ginnie sich eine Hand vor den Mund schlagen, um nicht nach Luft zu schnappen. Eine schwarze Samtschatulle lag auf seiner Handfläche. „Wenn du mich heiratest, habe ich alles, was ich immer wollte."

Mit fest zusammengepressten Lippen nickte Jo immer wieder, während Dylan ihr den Ring an den Finger steckte. Einen kurzen Moment betrachtete sie den funkelnden Diamanten, bevor sie die Arme um seinen Hals schlang und ihm einen langen, intensiven Kuss gab, der nicht für Ginnies Augen bestimmt war.

Sie wandte sich ab und ging in Richtung Küche, als die Stimme ihrer Cousine Rosa ertönte. „Willst du Wurzeln im Flur schlagen? Der Nachtisch ist fast weg. Mein Bruder nimmt sich gerade die dritte Portion."

„Ich komme." Ginnie stieß ein Seufzen aus und

starrte in den dunklen Flur. Zwei Schwestern, zwei Kreuzfahrten und zwei Männer, die fast zu gut waren, um real zu sein. Wie hoch waren die Chancen, dass so etwas passierte? Sie schüttelte den Kopf. Natürlich freute sie sich für ihre Schwestern, aber dennoch fühlte sie sich ein wenig ausgeschlossen. Und fürchtete sich davor, dass sie niemals den Richtigen finden würde. Vielleicht hätte sie mehr Glück im Lotto. Als sie in der Küche ankam, nickte sie entschlossen. Morgen würde sie einen Lottoschein kaufen.

EXCERPT:

FLITTERWOCHEN ZU SIEBT

„Wie viele Leute braucht man, um einen Koffer zu packen?" Ginnie Ummarino hatte fast die ganze Woche versucht, für ihre Kreuzfahrt zu packen, und jedes Mal, wenn sie ihren neuen Rollkoffer öffnete, gab jemand seinen Senf dazu.

„Vier", riefen mehrere Stimmen im Chor, unterbrochen von Kichern.

Gott wusste, dass Ginnie ihre Schwestern Mina und Jo und ihre Mutter Antoinette von ganzem Herzen liebte, aber ab und zu war es schön, sich ohne Gruppendiskussion eine eigene Meinung bilden zu können. Oder in diesem Fall einen Koffer zu packen, ohne dass Jo Stöckelschuhe dazu packte, Mina den Oma-Bademantel herausnahm und ihre Mutter jedes rezeptfreie Medikament hineinsteckte, das der Menschheit bekannt war. Jeder, der in ihren Koffer schaute, würde denken, dass sie den Amazonas-Dschungel erobern wollte. Das einzige Medikament, das fehlte, war ein Gegengift gegen Schlangenbisse, denn ihre Mutter hatte für Krämpfe, Übelkeit, Migräne, Durchfall, Schnittwunden und Prellungen vorgesorgt.

„Die musst du mitnehmen." Jo hielt die Perlenkette

hoch, die Ginnie auf ihrer ersten gemeinsamen Kreuzfahrt gekauft hatte. Sie hatte in ihrem Leben erst zwei Kreuzfahrten gemacht und jedes Mal waren ihre beiden Schwestern dabei gewesen. Alleine zu verreisen, fühlte sich … nun ja … komisch an.

Aber sie stimmte ihr hinsichtlich der Perlen zu. „Die werden perfekt für den formellen Abend sein." Das war der Grund, warum sie sie überhaupt gekauft hatte. Das und die Tatsache, dass sie ihrem pragmatischen Ich einmal etwas gönnen wollte. Ihr ganzes Leben lang war sie als die pragmatische der Ummarino-Schwestern beschrieben worden. Es machte ihr nichts aus, weil sie wirklich pragmatisch veranlagt war, doch liebte sie es auch nicht. Ihre einzige wahre Rebellion in letzter Zeit war der Kauf besagter Perlen gewesen. Obwohl man darüber auch streiten könnte, da sie zu allem und bei allen Gelegenheiten passten. Vielleicht könnte man diese protzige Anschaffung doch unter Pragmatismus einordnen.

„Und denk dran", Jo setzte sich neben den Koffer aufs Bett, „sprich mit den Leuten. Verkriech dich nicht in deinem Zimmer."

„Und denk daran zu lächeln." Mina setzte sich auf die andere Seite des Koffers. „Verlier dich nicht in deinen eigenen Gedanken, weil dich das immer finster dreinblicken lässt."

„Ich blicke nicht finster drein." Sie stopfte ihre Lieblingsshorts in eine Ecke ihres Koffers und riss den Kopf hoch, um ihre Schwester wütend anzustarren. „Ich lächle die ganze Zeit."

„Stimmt." Ihre Mutter kramte im Schrank und nickte. „Ein schönes Lächeln, das jeden guten Mann für dich vereinnahmen kann. Aber du verlierst dich wirklich oft in deinen eigenen Gedanken."

Und wieder fing ihre Mutter mit ihrer Rede über gute Männer an. Die Kreuzfahrt würde einfach werden.

Sich zu amüsieren war schließlich keine lästige Pflicht, selbst wenn sie allein verreiste. Eine schöne, entspannende Kreuzfahrt war ein wunderbarer Urlaub, aber allein nach Hause zu kommen, das würde die schwierige Sache sein. Ihre Mutter schien zu dem Schluss gekommen zu sein, dass alles, was sie brauchte, um ihre hartnäckig alleinstehenden Töchter zu verheiraten, eine Kreuzfahrt war. Besonders, da beide ihrer Schwestern genau danach mit einem Verlobten nach Hause gekommen waren. Ihre Mutter würde schrecklich enttäuscht sein, wenn Ginnie genauso allein zurückkäme wie an dem Tag, an dem sie aufbrach.

„Welches dieser beiden Kleider nimmst du?" Ihre Mutter hielt die beiden neuen Cocktailkleider hoch, die sie für den formellen Abend gekauft hatte. Eines war ein klassisches schwarzes Kleid, das ihr bis knapp unter die Knie reichte, mit dezenter Perlenstickerei an den kurzen Ärmeln und einem ansehnlichen Rundhalsausschnitt. Ihr dunkles Haar und ihre Augen kamen in Schwarz immer gut zur Geltung. Das andere war ein bisschen protzig. Es war tiefviolett mit goldenen Akzentfäden, reichte ihr knapp über die Knie und zeigte etwas mehr Dekolleté. Mina und die Verkäuferin hatten darauf bestanden, dass sie das Geschäft nicht ohne dieses Kleid verließ. In Wahrheit gefiel ihr, wie es ihre Figur betonte und gerade genug Kurven zeigte, ohne ihre – wie ihre Mutter sie nannte – breiten gebärfreudigen Hüften zu betonen.

„Ein bisschen Farbe tut dir gut." Zu Ginnies Überraschung reichte ihre Mutter ihr das violette Kleid.

„Ich nehme beide." Ginnie würde das Haus nicht verlassen, ohne ein Ersatzkleid dabei zu haben, falls sie feige wurde. Ganz egal, was ihre Mutter dachte, sie war nicht auf dieser Kreuzfahrt, um einen Ehemann zu finden. Ihre gesamte Abteilung in der Arbeit war für ihr letztes Projekt mit einer Kreuzfahrt belohnt worden. Sie war kurz davor gewesen, sie einer ihrer Schwestern als zweite Hochzeitsreise mit ihrem Mann zu schenken, auch wenn keine von ihnen das nötig gehabt hätte. Wenn die Pärchen zusammen waren, sahen sie sich immer noch an, als wären sie auf ihrer Hochzeitsreise. An manchen Tagen brachte es sie zum Lächeln, ihre Schwestern so verdammt glücklich zu sehen. An anderen Tagen, wenn sie alle so verliebt aussahen, kam ihr der Würgereiz. Aber sie würde dieses Verliebtsein dem Unglücklichsein jedem Tag der Woche vorziehen.

„Ich finde immer noch, du hättest deinen Cousin Giovanni überreden sollen, mitzukommen." Ihre Mutter legte die beiden Kleider ordentlich neben den Koffer. „Vielleicht hättest du ihm helfen können, ein nettes Mädchen zu finden. Damit er und Onkel Tony glücklich werden."

Alle drei Schwestern verdrehten die Augen, sagten aber nichts. Onkel Tony hatte lange nicht verstanden, dass ihr Cousin Giovanni eigentlich sehr glücklich mit seinem Junggesellenleben war. Der Typ war freundlich, gutaussehend und hatte ein Lächeln, wegen dem die Frauen ihm zu Füßen lagen. Was könnte sich ein Single mehr wünschen? Sie und ihre Schwestern dachten, er war wie Warren Beatty oder George Clooney. Ein Mann ohne biologische Uhr, der einfach das Leben genoss, bis er zu alt war, um mitzuhalten, und dann heiratete und eine Menge Kinder bekam. George hatte zwar nur zwei – aber trotzdem.

Sie faltete die beiden Cocktailkleider und legte sie vorsichtig in den Koffer, klappte den Deckel herunter und zog den Reißverschluss zu. „Und fertig." Ihr Magen drehte sich vor leicht nervöser Vorfreude. Dies würde ihr erster Urlaub alleine sein. Nun, alleine, wenn man von den fünftausend anderen Leuten auf dem Schiff absah. Ihr gefielen die Quiz-Abende und die

Shows und sie war mehr als bereit, sich mit einem Lieblingsbuch auf einem Liegestuhl an Deck zu entspannen und etwas Sonne zu tanken. Es würde ihr gut gehen, sie würde viel Spaß haben. Jetzt musste sie sich das nur noch ein paar hundert Mal sagen und alles würde gut werden.

„Toller Toast." Nick Maroney klopfte seinem Vater auf die Schulter. Der Toast war nicht zu lang, nicht zu kurz und war von Herzen gekommen.

„Ich hatte keine Gelegenheit, ihn zu benutzen, als Theresa und Chuck in Vegas heirateten." Sein Vater sah einen Moment lang traurig aus. Als Chuck vor etwas mehr als zwei Jahren bei einem Autounfall starb, war Nicks Schwester am Boden zerstört. Sie waren so ein glückliches Paar gewesen. Der Tag, an dem die kleine Phoebe geboren wurde, war bittersüß. Die große Freude über ein neues Leben und die überwältigende Traurigkeit, dass ihr Vater nicht hier war, um sie zu sehen. Das Licht in den Augen seines Vaters flackerte wieder hell auf. „Sie ist wieder glücklich."

Nick konnte nicht widersprechen. Seine Schwester hatte ein paar Jahre lang mit Alan an derselben Grundschule gearbeitet. Er hatte seine Frau etwas mehr als ein Jahr vor Chucks Tod verloren. Was als Freundschaft und Unterstützung begonnen hatte, entwickelte sich schließlich zu einer Romanze und führte zu ihrer eigenen kleinen Patchwork-Familie.

„Was ich immer noch nicht verstehe, ist, warum jemand, der bei klarem Verstand ist, mit seinen Kindern in die Flitterwochen fahren möchte." Das hatte Nick verwirrt, seit seine Schwester und Alan verkündet hatten, dass sie sich für eine Kreuzfahrt als Hochzeitsreise entschieden hatten und alle Kinder mitnehmen würden.

„Nicht viele Leute müssen sich in den Flitterwochen um Kinder sorgen." Das Grinsen seines Vaters breitete sich auf seinem Gesicht aus.

„Nein", kicherte Nick. „Und schon gar nicht um Flitterwochen zu siebt."

„Es wird lustig. Deine Mutter und ich hatten sowieso einen Vorwand für einen schönen Urlaub gebraucht."

Irgendwie bezweifelte Nick, dass es für seine Eltern ein richtiger Urlaub sein würde, wenn sie fünf Kinder beaufsichtigen mussten, von denen zwei ihre neuen Großeltern kaum kannten. Doch so könnten sie den Flitterwöchnern zumindest etwas Zeit geben, um, nun ja, ihre Flitterwochen zu genießen.

„Sehen sie nicht so glücklich aus?" Nicks Mutter Rose schlich sich an ihren Mann heran. „Nichts ist schöner, als seine erwachsenen Kinder glücklich zu sehen."

Oh, oh. Er wusste, was seine Mutter als Nächstes sagen würde, wenn er nicht schnell verschwand. Wie jede gute italienische Mutter glaubte Rose D'Angelo Maroney, dass ihr Sohn erst glücklich sein könnte, wenn er verheiratet war und Kinder hatte, am besten viele. „Ich sehe Theresa. Ich glaube, sie ruft mich. Wir sehen uns später."

Seine Faust vor den Mund haltend, hustete sein Vater ein wenig und lenkte seine Mutter glücklicherweise ab. „Entschuldige."

„Dieser Husten wird schlimmer."

Sein Vater zuckte mit den Schultern. „Nur die dumme Allergiesaison. Wenigstens habe ich während der Rede nicht gehustet."

„Trotzdem." Seine Mutter runzelte die Stirn. „Ich mache dir einen Honig-Zitronen-Grog, wenn wir nach

Hause kommen. Wir können nicht riskieren, dass du krank wirst. Das Schiff legt am Donnerstag ab."

„Keine Sorge, Rose, Liebes. Bei all der Aufregung habe ich heute nur vergessen, meine Allergietablette zu nehmen."

Rose küsste die Wange ihres Mannes und lächelte. „Das hast du gut gemacht, mein Göttergatte."

Sein Vater strahlte. Ob sie nun stritten oder flirteten, seine Eltern waren immer leidenschaftlich. Er konnte sich nicht vorstellen, jemanden nach so vielen Jahren noch so sehr zu lieben. Er hatte in seinem Leben ein paar Frauen kennengelernt, von denen er gedacht hatte, sie könnten die Richtige sein. Doch mit der Zeit verschwand die Hingabe, die er brauchte, um das zu haben, was seine Eltern hatten. Obwohl er nichts dagegen hätte, wenn diese Hingabe mit etwas weniger Unberechenbarkeit einhergehen würde.

„Mrs. Maroney." Die Hochzeitsplanerin trat neben seine Mutter. „Ihre Tochter macht sich bereit, ihren Brautstrauß zu werfen."

„Die Nacht vergeht so schnell." Seine Mutter nickte der Frau zu und hakte sich an der einen Seite bei ihrem Mann und an der anderen bei ihrem Sohn ein. „Lasst uns gehen."

Theresa war bereit, den Brautstrauß zu werfen. Als sie ihre Mutter entdeckte, lächelte sie, drehte sich um, schwenkte das Ding über ihrem Kopf und ließ es durch den kleinen Saal fliegen. Nick hatte keine Ahnung, warum dieses alte Ritual so eine große Sache war, aber jede anwesende Frau hatte sich in der Mitte der Tanzfläche versammelt, und als der Brautstrauß dann durch den Raum flog, hätte man denken können, seine Schwester würde Gold verschenken.

Als der Empfang vorbei war, war Nick mehr als erschöpft. Die ganze Nacht durchzufeiern war nicht mehr sein Ding. Sobald Theresa und Alan in die Nacht hinausfuhren, küsste Nick seine Mutter und seinen Vater und machte sich auf den Heimweg. Zuhause ließ er sich auf sein Bett fallen, ohne sich die Mühe zu machen, seinen Smoking auszuziehen. Doch er nahm sich zumindest ein paar Minuten Zeit, um das Jackett auszuziehen und die Fliege zu öffnen.

Als sein Telefon am nächsten Morgen klingelte, wünschte er, er hätte das verdammte Ding ausgeschaltet. „Hallo."

„Nicky, wir haben ein Problem." Seine Mutter klang verzweifelt.

Er warf die Decke zur Seite und setzte sich auf. „Was ist los, Mom?"

„Dein Vater ist positiv auf Covid getestet worden."

„Hast du ihn ins Krankenhaus gebracht?"

„Nein. Sein Sauerstoffgehalt ist hoch, sein Fieber niedrig, aber sein Husten hält an. Der Arzt hat ihm etwas zum Einnehmen gegeben. Er sagt, er wird sich bald besser fühlen."

„Oh, gut. Also, was ist das Problem?"

„Der Arzt sagt, er wird nicht rechtzeitig zur Kreuzfahrt negativ sein. Du musst für deinem Vater einspringen."

ÜBER CHRIS KENISTON

Chris Keniston ist Autorin von vierzig zeitgenössischen Romanen und lebt mit ihrem Mann, zwei menschlichen Kindern und zwei Hundekindern in einem Vorort von Dallas. Obwohl sie beide Hunde gleichermaßen liebt, gibt sie zu, eine ganz besondere Bindung zu ihrem Deutschen Schäferhund aus dem Tierheim zu haben. Schließlich verdienen auch Hunde ein Happy End.

Auf www.chriskeniston.com erfahren Sie mehr über Chris Keniston und ihre Bücher.

Folgen Sie Chris' Montagsblog auf ihrer Website ChrisKenistonAutoren

Folgen Sie Chris auf Facebook unter ChrisKenistonAutorin